पोस्टमॉर्टेम

हादसा, साज़िश या गुनाह

(सत्य घटनाओं से प्रेरित फॉरेंसिक, ज्योतिष शास्त्र और क्राइम की एक अनकही कहानी)

(फॉरेंसिक विषेयज्ञ की डायरी से)

लेखक के बारे में

डॉ राजीव शर्मा

एमबीबीएस, एमडी (फोरेंसिक मेडिसिन), एलएलबी, एमबीए (यूके), डी-साइकाइट्री (यूके)

एसोसिएट सदस्य एएएफएस (यूएसए)

drkkforensic@gmail.com

डॉ. राजीव विश्व स्तर पर प्रसिद्ध फोरेंसिक पैथोलॉजिस्ट और मेडिको-लीगल विशेषज्ञ हैं। इन्हे दुनिया भर के कई देशों में विविध प्रकार के फोरेंसिक मामलों की सावधानीपूर्वक जांच करने का समृद्ध अनुभव हैं। अपने फॉरेंसिक कार्यकाल में इन्होने अपराध के सभी पहलुओं को बहुत निकट से देखा है, जिससे इनको आपराधिक व्यवहार और मनोविज्ञान की पेचीदगियों को पूरी तरह से समझने का भरपूर मौका मिला है। इन्होने सभी प्रकार के आपराधिक मामलों जैसे की हत्या, आत्महत्या, अप्राकृतिक मृत्यु, यौन उत्पीड़न और नशीली दवाओं के दुरुपयोग के मामलों में हजारों शव परीक्षण, मनोवैज्ञानिक मूल्यांकन और फॉरेंसिक जांच की है। एक अन्वेषक के रूप में काम किया है, और फोरेंसिक मनोचिकित्सा और चिकित्सा न्यायशास्त्र में व्यापक प्रशिक्षण लिया है। भारत और विदेशों में कई हाई-प्रोफाइल मामलों में इनकी भूमिका महत्वपूर्ण रही है, जहां इनका विशाल अनुभव कानूनी एजेंसियों

और न्यायपालिका को सबसे जटिल आपराधिक मामलों को सुलझाने में मदद करने में एक गेम चेंजर साबित हुआ है। इनके पास चिकित्सा विज्ञान और कानून की बहुत अहम् योग्यता है, और वो कई अस्पतालों, स्वास्थ्य संस्थानों, स्वास्थ्य सेवा आईटी और डेटा कंपनियों, मेडिको-लीगल संस्थानों और फोरेंसिक और कानूनी फर्मों के लिए एक सलाहकार के रूप में भी काम करते है । इन्होंने प्रमुख फोरेंसिक और मेडिको-लीगल पुस्तकों का सह-लेखन किया है, और इनके नाम पर कई प्रकाशन हैं, जिनमें अंतर्राष्ट्रीय फोरेंसिक पत्रिकाएँ और मेडिको-लीगल और स्वास्थ्य बुलेटिन शामिल हैं। इन्होंने वैश्विक स्तर पर चिकित्सा और कानून के छात्रों को भी पढ़ाया है, और मरीजों के अधिकारों के लिए काम करने वाले एक प्रमुख गैर सरकारी संगठन के संस्थापक सदस्य हैं। इन्हे भारत और विदेशों में कई पुरस्कार और प्रशंसाएँ मिली हैं।

ये उपन्यास समर्पित है मेरे परिवार को, मेरे बचपन और स्कूल के उन सभी मित्रों को, जिनकी मुझे फॉरेंसिक विशेषज्ञ बनाने में बहुत अहम् भूमिका है।

लेखक की कलम से

इस लघु उपन्यास को लिखने का विचार मेरे दिमाग में संयोगवश अचानक से बिना किसी पूर्व विचार या पूर्व योजना के तब आया, जब एक दिन मैं अपने छात्रों को फोरेंसिक व्याख्यान देने के बाद, अपने कमरे में आकर बैठा कुछ लिख रहा था। फोरेंसिक और अपराध का क्षेत्र इतना जटिल है, कि एक आम आदमी के लिए यह समझना मुश्किल है, कि किसी भी आपराधिक कृत्य को अंजाम देने और अंततः अपराधी को सलाखों के पीछे पहुंचाने के लिए, वास्तव में कितनी कड़ी मेहनत और विशेषज्ञता की आवश्यकता होती है। फोरेंसिक क्षेत्र, शवों के पोस्टमार्टम और इससे सम्बंधित काम करने वालो को लेकर, आम जनता के मन में कई गलत धारणाएँ हैं। बाजार में पहले से ही कई किताबें और उपन्यास उपलब्ध हैं, लेकिन ज्यादातर लेखक फोरेंसिक पृष्ठभूमि से नहीं आते हैं, और अपराध की प्रकृति को सही मायने में नहीं समझते हैं। अमूमन फिक्शन लेखक होने के नाते, उनका एकमात्र उद्देश्य अपराध की कहानी और पात्रों को ग्लैमराइज़ करना होता है, जो पाठकों में डर और जिज्ञासा पैदा करता है, ताकि इसे और अधिक बिकने योग्य बनाया जा सके। अंततः, इस प्रक्रिया में, वास्तविक आपराधिक घटना, और उसको सुलझाने की पूरी प्रक्रिया, की मूल और सच्ची प्रकृति खो जाती है। इसलिए, बाजार में इतने सारे अपराध सम्बंधित उपन्यास और किताबें उपलब्ध होने के बाद भी, इस स्पष्टता का अभाव है कि यह अपराध सुलझाने की पूरी प्रणाली कैसे काम करती है। इस अंतर को ख़त्म करने और पाठकों को फोरेंसिक की वास्तविक दुनिया में झांकने का अवसर देने, और उसे और बारीकी से देखने का मौका देने के लिए, इस उपन्यास को लिखने की प्रेरणा मिली है।

मेरा ये उपन्यास कहानी और सभी पात्रों के माध्यम से इस बात पर भी प्रकाश डालेगा की कैसे फोरेंसिक विभाग और पुलिस कर्मी जटिल आपराधिक रहस्यों को उजागर करने की दिशा में एक टीम के रूप में काम करते है। मेरा इरादा अपने पाठकों को वास्तविक आपराधिक मामलों पर आधारित काल्पनिक कहानियों के माध्यम से शिक्षित और सशक्त बनाना है। मैंने कहानी को आम आदमी की भाषा में सरल बनाने की पूरी कोशिश तो की है, फिर भी तकनीकी फोरेंसिक के सार को नहीं खोया है ताकि आम पाठक और विशेषज्ञ दोनों के लिए पर्याप्त जानकारी हो। मनोरंजन के साथ साथ अगर पाठकों के ज्ञान में अंश मात्र भी वृद्धि होगी, तो मैं अपने इस प्रयत्न को सफल समझूंगा।

हार्दिक आभार !

डॉ राजीव शर्मा

डिस्क्लेमर

ये कहानी फॉरेंसिक मेडिसिन और ज्योतिष शास्त्र कि विधा का एक अनूठा संगम है। इसमें कोई दो राय नहीं की ज्योतिष शास्त्र, विज्ञान और अध्यात्म का एक ऐसा बेजोड़ मेल है, जिसका कोई सानी नहीं और हमारी जिंदगी पर पड़ने वाले इसके प्रभाव को नकारा नहीं जा सकता।

ये कहानी सच्ची घटनाओ से प्रेरित है। कहानी का उद्देश्य केवल पाठकों का मनोरंजन करना और फॉरेंसिक मेडिसिन के सन्दर्भ में कुछ महत्वपूर्ण जानकारी प्रदान करना है। इस कहानी का किसी भी जीवित या मृत व्यक्ति या घटनाओ से कोई वास्तविक सम्बन्ध नहीं है। इस कहानी के सभी पात्र और घटनाए काल्पनिक है, यदि किसी भी व्यक्ति या घटना से इसकी समानता होती है, तो उसे मात्र एक संयोग कहा जाएगा।

हमारी ये कहानी इस बात को अपने पाठको तक पहुंचती है कि किस तरह मानसिक संतुलन सही न होने पर कैसे किसी शास्त्र या विद्या का दुरूपयोग किया जा सकता है। साथ ही ये इस बात को दर्शाती है कि कैसे एक मानसिक रोगी, ज्योतिष शास्त्र जैसी पवित्र और अनूठी विद्या का सहारा लेकर अपने भ्रम को सही साबित करने की कोशिश करता है, और आपराधिक गतिविदियों में लिप्त हो जाता है। और फिर कैसे मेडिकल साइंस कि फॉरेंसिक मेडिसिन ब्रांच उसकी कोशिश का पर्दाफाश करती है। इस कहानी का उद्देश्य समाज में किसी भी तरह के अन्धविश्वास या कुरीति को बढ़ावा देना बिलकुल नहीं है।

इस उपन्यास का उद्देश्य किसी भी व्यक्ति, स्थान, क्षेत्र, देश,धर्म, शास्त्र, ज्योतिष विज्ञान, कोई भी धर्मग्रन्थ, नस्ल, जाती,समुदाय या व्यक्तियों या किसी व्यक्ति की धार्मिक भावनाओं,विश्वासों और /या भावनाओं को बदनाम करना, चोट पहुँचाना, नीचा दिखाना, अपमानित करना या उनके प्रति असम्मानजनक होना नहीं है।

CHAPTER 1

कहते है कि जीना और मरना तो ऊपर वाले के हाथ में है। कोई नहीं जानता की कौन किस घड़ी पैदा होगा और कब उसकी मृत्यु होगी। इन सब सवालों के जवाब तो शायद कोई संत, महात्मा, कोई दूरदर्शी भविष्यवक्ता या फिर सिर्फ़ स्वयं भगवान् ही दे सकते हैं। पर हाँ, कौन कैसे मरा? मरा या फिर मार दिया गया? मौत कब हुई? कैसे हुई, क्यों हुई? इन सब सवालो के जवाब जानने के लिए आपको भगवान के पास जाने की कोई ज़रुरत नहीं है । ये सारे जवाब तो आपको एक इंसान से ही मिल जायेंगे । बशर्ते आप सही इंसान के पास पहुंचे। जी हाँ - सही इंसान । और ये कोई बाबा, मौलवी या सुपर ह्मन नहीं बल्कि हमारी और आप ही की तरह एक आम इंसान है। यानि एक कॉमन फैमिली मैन । अब वो बात अलग है कि ज़रुरत पड़ने पर अक्सर हम और आप इसे अपना भगवान भी बना लेते हैं। मेडिकल साइंस में हम इसे फॉरेंसिक मेडिसिन एक्सपर्ट कहते हैं। यानि, ये वो डॉक्टर हैं जो ज़रुरत पड़ने पर मुर्दे के हलक से भी मौत का राज़ उगलवा सकता है। ये कुछ ऐसे चुनिंदा डॉक्टर्स हैं, जो लाइम लाइट से दूर चुप चाप अपनी काबिलियत और हुनर के बलबूते पर जुर्म की दुनिया की हर परत खोलने में लगे रहते हैं ।

वो तो भला हो आजकल के फिल्म और वेब सीरीज़ बनाने वालो का जिनकी वजह से ये फॉरेंसिक डॉक्टर्स आजकल लाइमलाइट में आने लगे हैं और हमारे सिस्टम में इन डॉक्टर्स की अहमियत का अंदाज़ा आजकल हम सब लगा सकते हैं । वैसे अगर सादे शब्दों में कहूं तो हमारे समाज में फैली गुनाह की गंदगी के सफाई अभियान के ये अहम् कर्मचारी हैं ।

क्रिमिनल जस्टिस सिस्टम में इनकी भूमिका कितनी अहम् है इसका अंदाज़ा इसी बात से लगाया जा सकता है कि इनसे हुई एक छोटी-सी चूक भी पूरे केस की दिशा बदल सकती है। यानी या तो इनकी वज़ह से असली गुन्हेगार सलाखों के पीछे हो सकता है, या फिर किसी बेगुनाह की ज़िन्दगी बिना कोई जुर्म किये ही बर्बाद हो सकती है । और दुनिया भर के चुनिंदा फॉरेंसिक एक्सपर्ट्स में से ये कहानी है एक बहुत ही जोशीले, प्रतिभाषाली, तार्किक, गहरे व्यक्तित्व, गुनाह की जांच और फॉरेंसिक सर्जरी में निपुण, डॉक्टर कबीर खुराना उर्फ़ डॉ के के की।

दिल्ली शहर का अति विशिष्ट मेडिकल कॉलेज

मेडिकल कॉलेज का लेक्चर हॉल स्टूडेंट्स से खचा खच भरा हुआ था, और क्यों न हो आज डॉ केके की फॉरेंसिक क्लास जो थी जो कोई भी स्टूडेंट मिस करना अफ़्फोर्ड नहीं कर सकता था।

"क़ातिल चाहे कितना भी होशियार क्यों न हो वह क्राइम स्थल पर कुछ न कुछ सुराग ज़रूर छोड़ जाता है । ख़ुदकुशी से फांसी का फंदा लगाने में या गला घोट के मारने में गर्दन का डिटेल एग्जामिनेशन करना बहुत ज़रूरी है । गर्दन की स्किन पर, मांसपेशियों पर और अंदर की हड्डियों पर ऐसे बहुत से निशान मिलते हैं जिनसे ये पता लगाना की मौत ख़ुदकुशी है या क़त्ल, मुश्किल नहीं है, पर अपने सब्जेक्ट की जानकारी बहुत उम्दा होनी चाहिए।"- डॉ केके ने अपनी बात ख़त्म करते हुए कहा- "स्टूडेंट्स!, आज बस इतना ही अब बाक़ी का अगले लेक्चर में पड़ेंगे।"

"थैंक यू सर!" -कहकर सभी विद्यार्थी उठे और एक-एक करके लेक्चर हॉल से बाहर जाने लगे। डॉ केके ने भी सूरज उर्फ़ जीपीएस को फ़ोन किया और कार को कैफेटेरिया की तरफ़ लाने को कहा। कार जैसे ही कैंपस से बाहर निकली जीपीएस बोला-"सर! कहाँ ले चलु? "

"बंगाली मार्किट "-शाम की पार्टी के लिए सामान लेना है। डॉ केके ने बड़े अनमन से कहा और जीपीएस मुस्कुरा उठा।

कई दिन के स्ट्रेस और भागदौड़ के बाद, मैं इस वीकेंड पर सिर्फ़ आराम करना चाह रहा था। सोच के रखा था कि इस शुक्रवार को कोई भी काम नहीं करूँगा, कोई केस नहीं, ये वीकेंड तो रिज़र्व रहेगा-मेरे चुनिंदा दोस्तों, पसंदीदा गानों और मेरी अनामिका के लिए। वैसे भी काम के चलते पिछले कई दिनों से, उसे बिलकुल वक़्त नहीं दे पा रहा था । हालांकि, उसने मुझसे कभी इस बात कि शिकायत नहीं कि पर उसका चेहरा बिना कुछ बोले ही सबकुछ कह जाता है, चाह कर भी मुझसे कुछ छुपा नहीं पाती है वह या फिर शायद मेरा काम ही ऐसा है कि मुझे बिना बोले, बिना बताये ही सब कुछ समझना पड़ता है ।

वैसे मुझे लगता है कि समझ तो अब तक आप भी नहीं पाए हैं कि मैं हूँ कौन और करता क्या हूँ? तो चलिए, कहानी कि शुरुआत इसी के साथ करते हैं । मैं हूँ कबीर, डॉ कबीर खुराना, पर मेरे कुछ नज़दीकी दोस्त और कुछ ख़ास मुझे केके के नाम से बुलाते हैं और मैं एक फॉरेंसिक पैथोलोजिस्ट और या कहिये की फॉरेंसिक मेडिसिन एक्सपर्ट हूँ । जी हाँ-वैसे अक्सर ये सुनते ही, लोगों के चेहरों पर दुविधा के भाव साफ़ नज़र आते है । और ये बात बहुत सामान्य भी है, क्योंकि ज़यादातर लोग फॉरेंसिक मेडिसिन एक्सपर्ट का सही मतलब ठीक तरह से समझ ही नहीं पाते । अगर सादे से शब्दों में कहूँ-तो मैं कानून, क्राइम और मेडिकल साइंस कि दुनिया के बीच का वह जोड़ हूँ, जो पूरी बारीकी से मेडिकल साइंस कि हर एक जानकारी का सही और सटीक इस्तेमाल करते हुए, जुर्म, हादसे और बेगुनाही का फर्क दुनिया के सामने उजागर करता है। पुलिस को सही जानकारी देते हुए, किसी मासूम के बजाये असली गुन्हेगार को सलाखों के पीछे पहुंचाता है।

वो तो शुक्र है आज कल के हाई प्रोफाइल जुर्म, मीडिया और जनता की बढ़ती हुई चेतना का, जिनकी वज़ह से मेडिकल साइंस कि ये अनूठी ब्रांच काफ़ी हाईलाइट हो रही है । तो अब तो आप समझ ही गए होंगे कि मैं करता क्या हूँ। और क्योंकि जुर्म और हादसों का कोई तय वक़्त तो होता नहीं है, इसीलिए मेरा भी रूटीन कुछ फिक्स नहीं है । हॉस्पिटल से

आने के बाद भी और छुट्टी वाले दिन भी, अक्सर मैं कॉल पर ही रहता हूँ। और जब काम कुछ ज़्यादा ही हो जाता है, तो कभी कभार मेरी अनामिका भी मुझसे कुछ नाराज़-सी हो जाती है । अरे हाँ, मैंने अपने बारे में तो आपको बता दिया, मगर अनामिका से तो अबतक मिलवाया ही नहीं।

अनामिका उर्फ़ रिया, मेरी दोस्त, मेरी हमराज़, मेरी पत्नी है । बल्कि अगर सच कहूँ, तो वह शब्दों के इन दायरों से कहीं ऊपर है । रिया वह है, जिसने मुझे हमेशा स्पोर्ट किया, जिसने मुझ पर, मेरी काबिलियत पर, मुझ से भी ज़्यादा भरोसा किया। जो सपने मैं हमेशा बंद आँखों से देखता था, उसने उन्हें पूरा करने में हमेशा मेरा साथ दिया। एक फॉरेंसिक एक्सपर्ट होने के नाते मुझे मेडिसिन और वकालत दोनों ब्रांचेज में बहुत ही नज़दीकी से काम करना पड़ता है । यानी एक फॉरेंसिक एक्सपर्ट को पुलिस और वकील दोनों को ही यह बताना पड़ता है कि आख़िर उन्हें किस डायरेक्शन में काम करना चाहिए। और शायद इसीलिए मैं चाहता था कि मेडिसिन के साथ मैं कानून को भी और नज़दीकी से जानू इसीलिए, मैंने डॉक्टरी (एम् बी बी एस) करने के बाद फॉरेंसिक मेडिसिन में पोस्ट ग्रेजुएशन (एम् डी) करी और उसके बाद लॉ कि डिग्री ली और फिर विदेश जा कर फॉरेंसिक के कई विषयों पर विशिष्ट प्रशिक्षण लिया। मुझसे ज़्यादा रिया को मेरी इन सभी योगयताओं पर गर्व है। शब्दों के साथ खेलना वह ख़ूब जानती है, यूँ तो वह अक्सर ही वह ख़ूब सारी बातें करती है पर जब मुझे, मेरे नाम और मेरी डिग्रीज के साथ सबसे परिचय करवाती है तो उस वक़्त उसकी आँखों कि चमक देखते ही बनती है।

रिया भी एक रिनाउंड जर्नलिस्ट है जिसने कई-कई बड़े मीडिया चैनल में काम किया है, सभी तरह की पॉलिटिकल कवरेज के साथ उसकी क्राईम केसेस में भी काफ़ी रुचि है, गोरा रंग खुले बाल आंखों में मैच करता हुआ चश्मा और बिजनेस सूट पहने जब वह न्यूज़ पढ़ती है तो लोगों पर उसका प्रभाव देखते ही बनता है। काफ़ी तेज तर्रार रिपोर्टिंग और दूसरी तरफ़ घर को ढंग से सँभालने का रोल रिया ने पूरे परफेक्ट ढंग से निभा रखा है। काम और ज़िन्दगी के समन्वय और सही संतुलन का

वह बेजोड़ उदाहरण है। दोनों के काम एक दूसरे से इतनी अलग होते हुए भी हम एक दूसरे के काम को समझते हैं और एक दुसरे को ख़ूब स्पोर्ट करते हैं। हाँ थोड़ा बहुत मन मुटाव तो हर पति-पत्नी में लाज़मी होता है जो कि यहाँ भी है। तो वैसे हैं तो हम पति-पत्नी, मगर यक़ीन मानिये, हम दोनों एक दुसरे से बिलकुल ही विपरीत हैं, पर कहते हैं ना कि अपोजिट का चुंबकीय प्रभाव होता है, तो बस हमारे साथ भी कुछ ऐसा ही है।

बचपन से ही मुझे जासूसी किताबें पढ़ने का बहुत शौक था और ये शौक इस तरह हावी था कि 8-9 वर्ष की उम्र से ही दोस्तों को कई मन गढ़ंत किस्से सुनाता रहता था जासूसी के और अपने आप को जासूस बताता था। सारे दोस्त मेरी इस बात पर यक़ीन करते थे और मुझसे काफ़ी प्रभावित रहते थे। पढ़ने में भी मैं ठीक ठाक ही था इसलिए शायद मेडिकल में भी मेरा दाखिला मेरिट से ही हो गया। और फिर जब एमडी मैंने फोरेंसिक विभाग से करने की सोची, तो कहते हैं ना की ज़िन्दगी एक पुरा सर्कल है, बचपन में मज़ाक से शुरू हुआ जासूस बनना और जासूसी के किस्से कहानियाँ कब कहाँ असल ज़िन्दगी में ऐसे प्रोफेशन में बदल गया की मानो पता ही नहीं चला। बहरहाल पुलिस विभाग में जब सबसे युवा फॉरेंसिक ऑफिसर बनने का सौभाग्य प्राप्त हुआ तब मानो मेरे पाँव जैसे ज़मीन पर ही नहीं पड़ रहे थे। मुझे आज भी वह दिन अच्छे से याद है जब मैंने अपना पहला केस सॉल्व किया था, शायद कहीं हफ्तों तक मुझे नींद नहीं आई थी और दिमाग़ में भी कई दिनों तक लाश की, खून की और शरीर पर जख्मों की तसवीरें चलती रही थी। उस दिन से लेकर आज के दिन तक जाने कितने ही अनगिनत पोस्टमार्टम, क्राइम सीन मैं एग्जामिन कर चुका था। आज पूरा पुलिस विभाग मेरी होशियारी और एक्सपर्टीज का लोहा मानता है और कभी-कभी जब पुलिस वाले मुझसे पूछते हैं डॉक्टर साहब इतने भयानक, खतरनाक डरावने मौत के दृश्य देखकर, पोस्टमार्टम कर के कभी घबराहट नहीं होती। तो मुस्कुरा कर मेरा एक ही जवाब होता है हाँ बहुत बेचैनी होती है, पर ज्यादा तब होती है अगर एक दिन भी मुझे अपने केसेस से दूर रहना पड़ जाये।- और ये सुनकर हमेशा सब हस पड़ते है।

तो अब तक तो आप मेरे काम और मेरी मसरूफियत का अंदाज़ा लगा ही चुके होंगे और चलिए अब हम बढ़ते हैं शुक्रवार कि उस शाम कि ओर जिसका ज़िक्र मैंने आपसे कहानी के शुरू में किया था। सब कुछ प्लान के मुताबिक एकदम फिक्स था। रिया ने सारी तैयारियाँ पहले ही कर ली थी। मुझे पहले ही चेतावनी दी गई थी कि सभी लोग वक़्त पर आ जायेंगे, बेहतर होगा कि मैं तय वक़्त से पहले घर पहुँच जाऊँ। और ऐसा हुआ भी, सारे ज़रूरी काम निबटा कर, मैं भी तक़रीबन शाम के 5 बजे तक घर पहुँच ही गया था। आते ही उर्मि काकी ने गरमा गर्म अदरक-इलाइची वाली चाय पिलाई और दिनभर कि सारी थकान जैसे छूमंतर हो गयी। "कबीर!, प्लीस अब जल्दी से फ्रेश होकर चेंज कर लीजिये-बाकि सारे लोग तो 7 बजे तक आएंगे, मगर गौरव भैया और संजना को मैंने ही जल्दी आने को कहा हैं, कितने दिनों से आपका उनसे मिलना ही नहीं हुआ।"- एक ही सांस में, रिया ने सारी बात कह डाली। उसे मालूम है कि सभी दोस्तों की भीड़ में गौरव ही मेरा एक अकेला ऐसा दोस्त हैं, जिसके साथ मुझे किसी तकल्लुफ़ कि ज़रुरत नहीं । एक तो बनिया, ऊपर से- "सी ए (चार्टर्ड अकाउंटेंट)" पर फिर भी हमारी दोस्ती में कोई हिसाब किताब नहीं। गुज़रते हुए वक़्त के साथ हमारी दोस्ती भी गहरी होती चली गयी। और यह सब कब और कैसे हुआ, इसका अंदाज़ा तो शायद हम दोनों को ख़ुद भी नहीं हैं।

ये लीजिये, इधर गौरव का ज़िक्र आया और उधर डोर बैल बजी, वक़्त का पाबंद है, जानता था कि वही होगा।कई दिनों बाद इस तरह हम चारो चाय पर किस्से गर्म करने बैठे थे! मुझे इस तरह फुरसत में देख रिया खुश थी और उसकी ख़ुशी में ही मैं खुश था। तय वक़्त के हिसाब से बाक़ी सब लोग भी आ गए। पार्टी का इंतेज़ाम लॉन में था, वैसे भी ठंडी हवा में खुले आसमान के नीचे बारबेक्यू (Barbeque) करने का मज़ा ही कुछ और है। कहीं आप ये तो नहीं सोच रहे कि मुझे बारबेक्यू करने का शौक है? अरे नहीं, ऐसा बिलकुल नहीं है। मुझे तो बस एक ही चीज़ पसंद है, पुराने हिन्दी गाने-वाकई गज़ब कि मिठास और एक अलग-सा सुकून है इनमे। और पता है, मेरे इसी शौक कि वज़ह से मेडिकल कॉलेज से लेकर

मेरे हॉस्पिटल के स्टाफ तक, सभी लोग मुझे गानों का उस्ताद मानते हैं। और फिर आज तो मौका भी है और दस्तूर भी। ऐसे में, गानों कि बौछार ना हो, ये तो नामुमकिन है। कुछ ही देर में बातों का सिलसिला गीतों कि जुगलबंदी में बदल गया। फिर क्या था, हम भी अपने असली रंग में आ गए। शोर-शराबे, हंसी-मज़ाक और मस्ती के इस माहौल में कुछ देर के लिए मैं अपने मोबाइल को बिलकुल भूल ही गया था।हाँ, मेरा मोबाइल, अरे वह तो मेरी हर कहानी, बल्कि ये कहिये कि मेरे काम, मेरी ज़िन्दगी का एक बेहद अहम् हिस्सा है । जैसे ही लाइटर निकालने के लिए मैंने अपने कुर्ते कि जेब में हाथ डाला, तो लाइटर के साथ फ़ोन भी हाथ में आ गया।अचानक नज़र पड़ी तो देखा कि मेरे मोबाइल पर 4-5 मिस्ड कॉल्स थी और वह भी ए.सी.पी राठौड़ की। तकरीबन रात 10 बजे का वक़्त रहा होगा। फ़ोन देखते ही मैं फौरन समझ गया, की कुछ तो हुआ है। इससे पहले की मैं कॉल कर पाता, मेरा फ़ोन एक बार फिर वाइब्रेट हुआ। ये ए.सी.पी राठौड़ का ही फ़ोन था।

ए.सी.पी शौर्य राठौड़, पुलिस महकमे का एक बहुत ही तेज तरार, जाबांज अफसर जिसकी विलक्षण बुद्धि, बहादुरी, सूझ बूझ और कर्मठता का पूरा पुलिस विभाग लोहा मानता है। कद 6 फ़ीट, सांवला रंग, बलिष्ठ शरीर, रोबदार बड़ी मूछ और भारी सख्त आवाज़ ये सब कुछ उसके वयक्तित्व में चार चाँद लगा देती है, और मुजरिमो की तो उसको देखते ही सिटी-पिट्टी गुम हो जाती है।

मेरे हैलो कहने से पहले ही ए.सी.पी राठौड़ बोल पड़े, कहाँ गायब हो डॉ साहब कब से फ़ोन मिला रहा हूँ। मैंने भी बात को हलके में लेते हुए कहा, "आप कहाँ मुझे कहीं जाने दोगे, एक अरसे के बाद दोस्तों के साथ वीकेंड एन्जॉय कर रहा था पर लगता है आपको ख़बर हो गयी। कहिये कैसे याद किया?"- मैं अपनी बात अभी ख़त्म भी नहीं कर पाया था की ए.सी.पी राठौड़ तपाक से बोले,"याद तो काम से ही किया है आपके बिना हमारा काम पूरा जो नहीं होता" । "क्लार्क होटल में एक युवती का क़त्ल हुआ है।"

"अभी इस वक़्त ?"

"जी हाँ"- और ए.सी.पी राठौड़ की सारी बेसब्री एक ही साँस में बयाँ हो गयी।

"आपको जल्दी आना पड़ेगा डॉ! क्या पुलिस कार भेज दूँ ? " -राठौड़ ने कहा।

"नहीं रहने दो मैं अपनी कार से आता हूँ।" - डॉ के के ने जवाब दिया।

एक तरफ़ मेरे ही बुलाने पर आये दोस्तों का जमघट और दूसरी तरफ़ मेरे काम के लिए मेरी ज़िम्मेदारी, सोच ही रहा था कि इस सिचुएशन को कैसे हैंडल करूँ, की अचानक रिया ने मेरे कंधे पर हाथ रखते हुए पूछा-"जाना ज़रूरी है क्या?"

एक ठंडी सांस के साथ मेरी झपकती हुई पलकों ने जैसे उसे सब कह दिया।

अपनी उदासी को छुपाते हुए रिया झट से बोली- "कोई बात नहीं आप जल्दी से चेंज कर लीजिये, मैं हूँ न, मैं सब संभाल लूंगी।" कहते ही रिया लॉन की तरफ़ बढ़ गयी और मैं चाह कर भी उसे नहीं बता पाया कि हाँ रिया, एक तुम ही तो हो, जिसके भरोसे मैं अपने काम को ठीक तरीके से संभाल पा रहा हूँ। न जाने कैसे, तुम मेरी हर बात, हर जज़्बात को बिना कहे ही बखूबी से समझ जाती हो।

और मन ही मन अपने प्यार, अपनी पसंद पर गुमान करते हुए मैं फटाफट से क्राइम सीन के लिए तैयार हुआ। अपनी ऑफिशियल जैकेट को पहने जैसे ही मैं ही लिविंग रूम की तरफ़ बढ़ा, तो देखा कि इस अनवांटेड इंटरप्शन के लिए सभी लोग तैयार हो चुके थे और इसी के साथ तैयार था मैं भी, एक नयी मिस्ट्री को सॉल्व करने के लिए।

CHAPTER 2

होटल क्लार्क का रूम नंबर 603, छठा माला, दरवाज़ा हल्का-सा खुला रह गया था जिसमें से कुछ आवाजें बाहर तक आ रही थी, जो कि एक महिला और पुरुष की थी। रात के कोई 10: 00 बजे थे, गलियारा पूरी तरह से सुनसान था।

"बताओ दुष्यंत कब करोगे मुझसे शादी, अब मैं और इंतज़ार नहीं कर सकती। पिछले पांच सालों से तुम मुझे बेवकूफ बना रहे हो, अब बहुत हुआ"-डॉली ने कहा। "आज अगर तुमने मुझे यह नहीं बताया कि अपनी बीवी को कब तलाक दोगे, तो मुझसे बुरा कोई ना होगा। मैं तुम्हें अब और बर्दाश्त नहीं करूंगी"- डॉली की आवाज़ मैं गुस्सा और झुंझलाहट साफ़ सुनाई दे रही थी।

"अरे बस भी करो डार्लिंग मैंने तुमसे कब कहा कि मैं नहीं बताऊंगा। सही समय का इंतज़ार करो, वक़्त आने पर मैं ख़ुद ही बता दूंगा उसको और तलाक दे दूंगा"-दुष्यंत उर्फ़ डीके ने जवाब दिया।

"तुम ऐसे नहीं मानोगे"- यह कहते हुए डॉली ने गुस्से से दुष्यंत का मोबाइल छीना और उसकी बीवी के नंबर पर फ़ोन मिलाने लगी। फ़ोन लगते ही दूसरी तरफ़ से किसी महिला कि आवाज़ आई-"हैलो कौन!"

दुष्यंत एक दम अवाक रह गया उसके चेहरे की हवाइयाँ उड़ गई। यह सब कुछ एकदम इतनी तेजी से हुआ था कि दुष्यंत को कुछ भी सोचने का समय नहीं मिला। उसने जल्दी से फ़ोन वापस लेने की कोशिश करी पर डॉली ने उसे पीछे की तरफ़ धक्का दे दिया। इस धक्का-मुक्की

में फ़ोन नीचे गिर गया और फ़ोन पर दूसरी तरफ़ से दुष्यंत कि बीवी कि आवाज़ आ रही थी- "हैलो ! हैलो! आप की आवाज़ नहीं आ रही, बोल क्यों नहीं रहे।" इससे पहले की डॉली फ़ोन उठाती और कुछ कहती, दुष्यंत ने कसके अपने दोनों हाथों से उसका मुंह दबा दिया। दुष्यंत सिर्फ़ ये चाहता था कि डॉली की आवाज़ ना निकले। पर हाथ का दबाव, उसके मुँह और नाक के ऊपर बढ़ता जा रहा था। दूसरी तरफ़ फ़ोन से अभी भी हैलो-हैलो की आवाज़ आ रही थी और इस तरफ़ डॉली की आंखें धीरे-धीरे बंद हो रही थी। शायद उसे सांस लेने में बहुत तकलीफ हो रही थी। पर लाख कोशिश के बाद भी दुष्यंत जैसे भारी आदमी का हाथ अपने मुंह से छुड़ा नहीं पा रही थी। उसके शरीर को ढीला होता देख दुष्यंत भी थोड़ा घबरा गया। उसने उसको वापस सोफे पर लिटाया और भाग कर अपना फ़ोन उठा लिया-फ़ोन बंद था पर फ़ोन पर उसकी वाइफ की 5-6 मिस कॉल्स आ चुकी थी। पलट कर वापस उसने डॉली की तरफ़ देखा, डॉली बिलकुल अधमरी निढाल-सी आधी बेहोशी में सोफे पर पड़ी हुई थी। दुष्यंत अपने माथे के पसीने को अपने हाथ से पोंछते हुए डॉली कि और वापस जाकर उसकी नाक और मुंह के पास उंगली लगाकर यह पक्का करता है, कि उसकी सांस ठीक से चल रही है या नहीं और संतुष्ट होकर कि वह सिर्फ़ बेहोश है पर जिन्दा है, कमरे से बाहर निकल जाता है।

दुष्यंत के जाने के कुछ ही देर बाद डॉली को धीरे से होश आता है। और जैसे ही उसकी आँखे धीरे-धीरे खुलती हैं और वह अपने होशो हवास मैं वापस आ ही रही होती है, अपने सामने किसी अनजाने नकाबपोश को देख कर उसके चेहरे कि हवाइयाँ उड़ जाती है और उसके चेहरे पर घबराहट और डर के भाव बढ़ते जाते हैं।

और जैसे ही डॉली चिल्लाने की कोशिश करती है, एकदम एक काले दस्ताने पहने हुए बड़ा-सा हाथ उसका मुंह और नाक पूरी तरह से दबा देता है और तब तक दबाए रखता है जब तक वह छटपटा कर पूरी तरह से शांत नहीं हो जाती। फिर वो नकाबपोश अपने बैग से एक चमड़े की ब्राउन बेल्ट निकालता है और डॉली की गर्दन पे घुमा के लॉक कर देता

है। उसके बाद फिर वो अपने बैग से तेज धार वाला चाकू निकालता है और डॉली के शरीर पर नोकीले हथियार से कुछ लिखता है।

(कमरे की लाइट बंद कर दी जाती है और थोड़ी देर बाद ही जूतों की आवाज़ कमरे से बाहर जाती हुई सुनाई देती है।)

CHAPTER 3

सूरज उर्फ़ जीपीएस गाड़ी लेके तैयार खड़ा था। बिलकुल मरियल-सा शरीर, आंखे हरदम बहकी-सी हुई, जितना चोमू दिमाग़ का उतना ही तेज़ मगर सिर्फ़ गाड़ी चलाने में । एक बार जो रास्ता देख ले वह उसके दिमाग़ की मेमोरी में हमेशा के लिए दफ़न हो जाता है। मेरा ड्राइवर नहीं बल्कि समझिए कि चलता फिरता जीपीएस है। और अक्सर मैं उसे इसी नाम से बुलाता हूँ। दिक्कत है तो बस एक, सवाल बहुत पूछता है। मैंने भी अपनी परेशानी कम करने के लिए पहले ही लोकेशन सूरज उर्फ़ जीपीएस को थमा दी। देखते ही बोला- "सर! ये तो होटल क्लार्क है, हाईवे का इलाक़ा है, थोड़ा दूर है पर अगर मेरा कैलकुलेशन ठीक रहा तो तकरीबन 50 मिनट में पहुँच जायेंगे।" जवाब में मैंने भी सिर हिला दिया। इससे पहले की मैं गाड़ी में बैठ पाता ए.सी.पी राठौड़ का फ़ोन एक बार फिर आ गया सिर्फ़ ये कन्फर्म करने के लिए कि मैं क्राइम सीन के लिए रवाना हुआ या नहीं। बात करते-करते ही मैं गाड़ी में बैठ गया और जीपीएस ने फ़ौरन गाड़ी भगा ली। ज़रुरत के हिसाब से बाक़ी टीम मेंबर्स को भी इत्तेला कर दी गयी थी। ए.सी.पी राठौड़ ने मुझे अपने मोबाइल से क्राइम सीन के कुछ फोटोज भी शेयर किये थे पर कुछ भी साफ़ समझ नहीं आ रहा था।

सूरज ने हल्का-सा म्यूजिक लगा दिया था, लता मंगेशकर का गाया बहुचर्चित गाना "अजीब दास्ताँ हैं ये,कहाँ शुरू कहाँ ख़तम..." धीमी आवाज़ में चल रहा था और कार अपनी रफ्तार से मंज़िल कि तरफ़ जा रही थी।

बहरहाल कार चलती रही और साथ ही साथ चलता रहा फ़ोन कॉल्स का सिलसिला भी।अपने अंदाज़े के मुताबिक जीपीएस ने वक़्त से पहले ही मुझे ठीक लोकेशन पर पहुँचा दिया ।

दूर से ही भीड़, पुलिस की गाड़ियाँ और प्रेस की ओबी वैन दिखने लगीं। "प्रेस और इतनी जल्दी" -मेरे मुंह से निकला।

"साब बड़े लोगों का इलाक़ा है और इस होटल में कुछ न कुछ होता ही रहता है, यहाँ पर कुछ हो तो कहाँ तक छिपेगा"- जी पी एस का ज्ञान छलक उठा। मैंने भी सिर हिला दिया।

पीछे होटल के अहाते में एक बड़ा-सा गेट था जो कि होटल के सर्विस वाहनों और कर्मचारियों के लिए था। उस गेट तक जाकर हमारी कार रुकी।राठौड़ कि जिप्सी भी पास ही खड़ी थी। जिप्सी में ही बैठा हुआ था।

मुझे आता देख राठौड़ जिप्सी से उतरा और मेरे साथ हो लिया। भीड़ को रोकते हुए पुलिसवालों ने राठौड़ को सैल्यूट किया और मुझे उसके साथ होटल के अहाते के अंदर जाने दिया।

हम होटल कि लॉबी पर पहुँचे, एक तीन सितारे वाले पुलिसवाले ने राठौड़ को सैल्यूट मारा- "जयहिन्द सर! प्रभारी थाना विकास विहार इंस्पेक्टर जयवीर राठी रिपोर्टिंग सर"!

"जयहिन्द, जयवीर मेरे साथ ये केके सर हैं फॉरेंसिक से" -राठौड़ ने मेरा परिचय दिया।

जयवीर के चेहरे पर आश्चर्य का हल्का-सा भाव आया जो उसने तुरंत छिपा लिया। मैं समझ गया कि वह ताज्जुब में है कि फॉरेंसिक वाले इतनी जल्दी कैसे पहुँच गये।

"इंस्पेक्टर जयवीर ! , घटना के बारे में बताइए"-राठौड़ ने रूटीन सवाल शुरू किया।

"श्रीमान् ! अबसे चालीस मिनट पहले मैं यहाँ इसी इलाके में सिटी मॉल के बाहर गश्त पर था। कंट्रोल रूम द्वारा सूचना प्राप्त होने पर मैं सीधे घटनास्थल पर पहुँचा। यहाँ पता चला कि सबसे पहले एक सफ़ाई कर्मचारी को यह लाश दिखी तो उसने शोर मचाया। होटल के सिक्यूरिटी इंचार्ज ने कंट्रोल रूम फ़ोन किया था। मैंने लाश की घेराबंदी की और भीड़ हटवाई, कंट्रोलरूम से बैक अप माँगा और आपको सूचना देने को कहा।"

"लाश एक महिला की है जिसकी उम्र बीस से पच्चीस के आसपास है, होटल स्टाफ ने मृतका की शिनाख्त कर दी है।" इंस्पेक्टर जयवीर ने लिफ्ट कि तरफ़ इशारा करते हुए कहा-"छठे माले पर जाना है सर।"

लिफ्ट छठे माले पर जाकर रुकी, रूम नंबर 603 के बाहर हॉस्पिटल का स्टाफ और पुलिसकर्मी खड़े हुए थे, हमें गैलरी में आता देख सभी दरवाजे से हट गए। मैंने बाहर क्राइम सीन टीम से थोड़ा अपडेट लिया और राठौड़ के साथ कमरे के अंदर एंटर किया । कमरा बुरी तरह ठंडा था जैसे कि एयर कंडीशनर काफ़ी समय से ऑन हो । कमरे के दरवाजे के पास एक लैंप जल रही थी जिससे धीमी-सी लाइट पूरे कमरे में बिखर रही थी। कमरे में हल्के-सी फ्रूटी परफ्यूम जैसी स्मेल फैली हुई थी।

तकरीबन 20 से 25 की उम्र की एक लड़की की लाश बेड पर पड़ी हुई थी। जिसकी गर्दन बेड के कोने की और थी जिससे सिर और भी पीछे की तरफ़ झुका हुआ था, बाल खुले थे और ज़मीन पर लग रहे थे। गर्दन पर एक ब्राउन रंग की चमड़े की बेल्ट या कहूँ कि नेक कॉलर बहुत टाइट से बंधा हुआ था । जीभ हल्की-सी बाहर थी सामने टेबल पर वाइन के दो गिलास रखे हुए थे। साथ ही एक गोल्डन ऐश ट्रे थी जिसमें सिगरेट के आधे बुझे हुए बहुत सारे टुकड़े पड़े थे, और कुछ टुकड़े ज़मीन पर भी पड़े हुए थे । दो वाइन की बोतलें भी टेबल पर थी जिसमें से एक बिल्कुल खाली थी, और एक आधी भरी हुई थी । इससे यह पता लगाना कतई मुश्किल नहीं था कि रात काफ़ी रंगीन गुजरी थी।

फोटोग्राफर क्राइम सीन पिक्चर्स ले रहा था , क्राइम सीन टीम एविडेंस इकट्ठे कर रही थी, फिंगरप्रिंट्स उठाए जा रहे थे और एक तरफ़

कोने में वैभव खड़ा होकर कमरे का मुआयना कर रहा था। बॉडी का मुआयना करते देख मुझे, वैभव मेरे पास आया और मेरे कान में फुसफुसा के बोला- "सर! सारे एविडेंसेस कलेक्ट कर लिए हैं।

"गुड, पर साइमा कहाँ है"- मैंने पूछा।

"सर! मैंने उसे कॉल कर दिया था,तकरीबन एक घंटा हो गया है, उसकी गाड़ी आज खराब है, कैब लेकर आती ही होगी।"

"उसकी बात भी पूरी नहीं हुई थी कि देखा कि सामने से साइमा कमरे के अंदर एंटर कर रही है।"

वैभव और साइमा मेरी फॉरेंसिक टीम का एक अहम् हिस्सा हैं, दोनों ही बहुत तेज तरार फॉरेंसिक अफसर हैं जो की मुझे डायरेक्ट रिपोर्ट करते हैं।

"वैभव मल्होत्रा", 35 साल उम्र, गेहूंआ रंग, भारी वजन, गोल मटोल फेस, फेस पर हमेशा एक हल्की-सी स्माइल, कहने को तो एक फॉरेंसिक एंथ्रोपॉलजिस्ट है इसका काम हड्डियों को बारीकी से स्टडी कर-कर यह पता लगाना है हड्डियों में कोई बीमारी याँ कोई चोट के लक्षण तो नहीं। मरने वाले की कद काठी कैसी रही होगी, किस मानव रेस, किस नस्ल का हो सकता है, कौन से देश का हो सकता है, ऐसी कई महत्त्वपूर्ण सारी जानकारियाँ देने में फॉरेंसिक एंथ्रोपॉलजिस्ट का बहुत रोल होता है और अभिषेक अपने काम में बहुत पक्का है।

जेम्स बांड से काफ़ी प्रभावित है। बनना चाहता था डिटेक्टिव और बन गया फॉरेंसिक साइंटिस्ट। हर बात पर बड़ी जल्दी जोश में आ जाता है। कैसे सुराग कलेक्ट करना है, फोटोग्राफी किस एंगल से होनी चाहिए ये सब इन्हीं की ज़िम्मेदारी है, पर ये अकेला नहीं है, इसके साथ इसकी जोड़ीदार भी है "साइमा"।

"साइमा मक़बूल", लखनऊ की बेबाक तेजतर्रार लड़की। घरवाले सरकारी नौकरी करवाना चाहते और साइमा किरण बेदी की तरह

डंडा चलाना चाहती थी। पर जब दोनों के विचार आपस में नहीं मिले तो फिर साइमा ने ये बीच का रास्ता चुन लिया। साइमा एक फॉरेंसिक मनोवैज्ञानिक (साइकोलॉजिस्ट) है, 30 साल उम्र, गेहूंआ रंग, लंबे काले बाल, एवरेज कद काठी, तीखे नैन नक्श और आंखों पर एक मोटा-सा चश्मा। चेहरे पर हमेशा खोए-खोए हावभाव, यह है साइमा हमारी फॉरेंसिक मनोवैज्ञानिक।उसका काम है कि किसी भी आदमी के हाव भाव और बॉडी लैंग्वेज से मन कि बात जानना। ये पता लगाना कि वह कितना सच और कितना झूठ बोल रहा है।

यह वो लोग होते हैं जिनकी इंट्यूटिव क्षमता बहुत प्रबल होती हैं। और यहाँ तक पता लगा लेते हैं कि अपराधी की क्रिमिनल इंटेंशंस क्या है। फलां आदमी कभी क्राइम करेगा या नहीं यह अनुमान लगा लेते हैं। साइमा की एक और आदत है, जब भी वो कुछ गहराई से सोच रही होती है, तो उसके बाएँ हाथ की 4 उंगलियाँ अपने-आप हिलने लग जाती हैं। उसकी इस आदत से हमारी पूरी टीम वाकिफ है, और यह देखकर सब उत्सुक हो जाते हैं कि कुछ बहुत बढ़िया राज सामने आने वाला है।

वैभव और साइमा दोनों ही अपने फील्ड में एकदम एक्सपर्ट है। इनसे अपने काम में गलती की गुंजाइश एकदम ना के बराबर रहती है।

बॉडी पर ब्राउन कलर का गाउन था जो कि घुटने तक था। फाइनल एग्जामिनेशन करकर यह पता चल रहा था मरे हुए तकरीबन 4-5 घंटे हो गए हैं। बॉडी के ऊपरी हिस्से में यानी कि चेहरे, गर्दन और बाजुओं पर अकड़ाव आना शुरू हो गया था जिसे हम फॉरेंसिक में रीगर मोर्टिस (rigor Mortis) कहते हैं। और शरीर के पिछले हिस्से में यानी की पीठ में और पैरों पर हल्की नीली कलर की डिस्कलरेशन आ गई थी जिसे हम पोस्टमार्टम हाइपोस्टैसिस (Post mortem hypostasis) कहते हैं जोकि अमूमन मरने के 3 घंटे के आसपास बॉडी में आना शुरू होती है।

पूरे क्राइम सीन में कमरे को देखकर एक बात तो पक्की तरीके से कही जा सकती थी कि कहीं भी कोई वायलेंस या अग्रेशन के साइंस नहीं

थे। इसका मतलब मौत जिस भी वज़ह से हुई है या कातिल जो कोई भी है, वह मरने वाले का जानकार है यानी की एंट्री पूरी फ्रेंडली है।

पूरे क्राइम सीन का बारीकी से मुआयना करने के बाद मैं थोड़े से असमंजस की स्थिति में था। और मेरी नज़र जैसे ही राठौड़ पर पड़ी, उसके चेहरे पर आते हुए परेशानी के भाव देखकर मैं यह समझ गया की वह जानना चाहता है, कि मेरा इस लाश के बारे में क्या सोचना है। पर वह जानता था बिना डिटेल एग्जामिनेशन के, मैं किसी तरफ़ भी इशारा नहीं करूंगा ।

मैं सोचते-सोचते जैसे ही सिगरेट मुंह पर लगा कर, लाइटर को पैंट कि जेब में तलाशने लगा, राठौड़ मेरे पास आया और अपने लाइटर से मेरी सिगरेट को जलाते हुए बोला – "डॉक्टर क्या लगता है यह कैसे हुआ होगा-क्या मर्डर लग रहा है?"

मैंने उसको मुस्कुराते हुए कहा – "अभी कुछ भी कहना ठीक नहीं है, मुझे इसका डिटेल एग्जामिनेशन करना होगा और पोस्टमार्टम के बाद ही में कुछ बता पाऊंगा, थोड़ा इंतज़ार करो।"

"स्ट्रैंगुलेशन !"- "यानी कि गला घोंट के करी हुई मौत लगती है मुझे तो, आपका क्या ओपिनियन है?" -राठौड़, ने मेरी तरफ़ देखते हुए कहा।

"नहीं राठौड़ !-अभी कुछ कह नहीं सकते, पोस्ट मोर्टेम से पहले कोई भी ओपिनियन बनाना ठीक नहीं।"

" यह ज़रूर कि इसको मरे हुए तकरीबन 4-5 घंटे बीत चुके हैं। क्योंकि बॉडी में अकड़ाव अभी ऊपरी हिस्से में हैं और पूरा एस्टब्लिश नहीं हुआ है,ये इसी बात का इशारा है कि तकरीबन इतना ही वक़्त बीत चुका है। बाक़ी मौत की वज़ह सुसाइडल है, एक्सीडेंटल है या किसी ने इसको मारा है यह तो पोस्ट मोर्टेम के बाद ही कहना ठीक होगा। कहीं कुछ जहरीला पदार्थ या कुछ नशीला सामान खिलाकर पहले बेहोश तो नहीं किया गया क्योंकि स्ट्रगल्स के साइंस नहीं है। उम्मीद है कि

अल्कोहल तो मिलेगी पेट, खून और यूरिन के सैंपल से, क्योंकि वाइन तो मिली है कमरे में।"

राठौड़ एकटक मेरी तरफ़ देख रहा था और सोच रहा था कि कैसे पता लगाऊँ कॉज ऑफ़ डेथ यानी कि मरने कि वज़ह क्या है।

मुझे पता है कि राठौड़ को ऐसे किसी भी क्रिमिनल केस में सीनियर ऑफिसर क़ो यह जानकारी देनी होती है कि यह केस किस तरफ़ जाएगा। यानी कि सरकमस्टेंसस क्या इशारा करते हैं,- एक्सीडेंट है मर्डर है या सुसाइड है? मरने की वज़ह और तरीक़ा क्या है?

"डॉक्टर के-के अगर कुछ भी आईडिया हो, थोड़ा-सा बता देते तो मुझे कमिश्रर साहब को- बताने में आसानी होती।"- राठौड़ ने फिर वही पूछा, जैसा कि मेरा अनुमान था।

"वेट माय फ्रेंड वेट, थोड़ा समय दो सब डिटेल में बताऊंगा" -मैंने अपनी बात को बिना किसी टालमटोल के दोहराया, और कहकर मैं बाहर की तरफ़ चल पड़ा। वैभव और साइमा को मैंने कहा, कि बॉडी को शिफ्ट कराओ मोरचरी में, चूँकि की रात के 2: 00 बज चुके थे, "ओके सर !" - दोनों ने एक साथ जवाब दिया। मैंने राठौड़ को कहा कि पोस्टमार्टम कल सुबह 8: 00 बजे करेंगे, मुझे उसके बाद कॉल कर सकता है।

"क्या हुआ राठौड़ ! कोई और सवाल?"

"नहीं डॉक्टर! ऑटोप्सी के बाद आप सब बता ही दोगे, अभी कोई सवाल नहीं है।"-राठौड़ अब तक समझ चूका था, कि मैं बिना ऑटोप्सी के कुछ नहीं कहूंगा।

"मर्डर है ही मेरे दोस्त !" "अनऑफिशियली बता रहा हूँ तुम्हें, अपनी इन्वेस्टिगेशन स्टार्ट कर दो। हाँ, बाकी पूरा कन्फर्मेशन पोस्ट मोर्टेम के बाद ही दूंगा।"- मैंने उसकी उत्सुकता को आख़िर शांत करते हुए कह ही दिया, मेरी बात सुनते ही राठौड़ के चेहरे पर चमक आ गयी, उसे पता था अब आगे उसे क्या करना है।

राठौड़ मेरी बात को समझ गया, और मुझे बाहर गाड़ी तक छोड़ने आया। मुझे बाहर आता देख सूरज ने कार स्टार्ट कर दी ,मेरे बैठते ही कार की रफ़्तार बढ़ा दी।

रात के 2: 00 बजे थे पर फिर भी रोड पर इक्का-दुक्का कार चल रही थी, लाइट की रोशनी में आगे की सड़क साफ़ दिख रही थी, कार में धीमी आवाज़ में चल रहा था मोहमद रफ़ी का पुराना गाना "दिन ढल जाये हाय रात न जाये, तू तो न आये तेरी याद सताए.........."

"सर! क्या मर्डर लगता है"-तभी एकदम आगे से सूरज की आवाज़ आई और मेरा ध्यान भंग हुआ।

"सूरज! दिमाग़ मत खराब करो बहुत नींद आ रही है, गाड़ी जल्दी चलाओ घर पहुँच जाओ सुबह बात करेंगे"- मैंने गुस्से से कहा और सूरज चुपचाप कार चलाने लगा।

यह कहकर मैंने आंखें बंद कर ली, पर दिमाग़ में सिर्फ़ क्राइम सीन और लाश घूम रही थी।कहीं कुछ तो अजीब था कुछ तो मिसिंग था।

बिस्तर पर लड़की की लाश, गले में बेल्ट, इशारा करते हैं कि कोई वायलेंट अग्रेशन होना चाहिए, लेकिन इसके विपरीत बिस्तर पर और कमरे में कोई भी स्ट्रगल के साइंस नहीं थे। लगता है याँ तो सीन को मैनिपुलेट किया गया है याँ फिर कुछ बड़ी ही सफ़ाई से छुपाया गया है।

मेरे फ़ोन की घंटी बजी, और देखा कि दूसरी तरफ़ राठौड़ है-"यस ए.सी.पी राठौड़! कोई नई ख़बर।"

" यस डॉक्टर! उसका मोबाइल मिल गया है ड्रावर में पढ़ा था।"

"आप इसका मोबाइल और लैपटॉप दोनों अपने कब्जे में करले। और सारी डिटेल चेक करें कि फ़ोन में प्रॉमिनेंट कांटेक्ट कौन है, किस-किस से बात हुई थी आखिरी दिन।"- ये कह कर के-के ने फ़ोन काट दिया।

CHAPTER 4

बनारस के काशी घाट पर सुबह के 4: 00 बजे का समय। एकदम ब्रहम मुहूर्त से पहले का समय। घाट के किनारे बहता गंगा का निर्मल जल। पानी में दूर तक बहते हुए मद्धम- मद्धम लौ में जगमगाते हुए दिए, और घाट की सीढ़ियों पर परमपूजनीय विख्यात ज्योतिषाचार्य श्री गंगाधर शास्त्री जी, अपने कुछ 10-12 शिष्यों को ज्योतिष का ज्ञान देते हुए-"यह छठा और आठवां भाव जब भी पाप ग्रहों से दृष्ट होता है, या पाप ग्रहों से युति होती है और सूर्य, चंद्रमा, लग्न, लग्नेश और गुरु पीड़ित हो और जिसके साथ राहु केतु का भी बुरा प्रभाव हो तो जातक की आयु अलप होती है, और मृत्यु आकस्मिक होने की सम्भावना होती है जिसमे की क़त्ल होने या खुदखुशी की भी संभावना बनती है।"

" तो क्या गुरु जी किसी की मौत किस वज़ह से हुई हो, क्या यह परिणाम भी हम कुंडली से निकाल सकते हैं?"- श्यामसुन्दर बड़े आश्चर्य से पूछता है।

"हाँ-हाँ बिल्कुल श्यामसुन्दर! पर यह एक गुप्त और अतिविशिष्ट ज्ञान है और इसके बारे में मैं तुम्हें विस्तार से ज्ञान दूंगा क्योंकि आधा अधूरा ज्ञान हमेशा खराब रहता है जिसके दुष्परिणाम होते हैं।"

"ठीक है गुरुजी!"- श्यामसुन्दर की आंखों में चमक आ गयी और जिज्ञासा के भाव उसके चेहरे पर साफ़ नज़र आने लगे।

"आज यहीं विराम करते हैं, कल आठवें भाव के बारे में कुछ और सीखेंगे। जय गंगा मैया!" -इसके साथ ही गुरूजी ने अपनी आवाज़ को विराम दिया। "जय गंगा मैया !"- कह कर सब विद्यार्थी उठ खड़े हुए।

"श्याम ! उठो, आज क्या कॉलेज नहीं जाना ? " "ओ माताजी! क्या 7:00 बज गए?-ओहो आज फिर लेट हो गया।"

श्यामसुन्दर उर्फ़ श्याम एक छोटे निम्नवर्गीय परिवार का लड़का था। उसके पिता एक स्कूल में अध्यापक थेऔर उसकी माँ एक गृहणी थी। वह अपने मां-बाप की इकलौती संतान था। श्याम आर्ट्स में स्नातक की शिक्षा ले रहा था बनारस हिंदू यूनिवर्सिटी से, और पढ़ने में काफ़ी मेधावी था।

पर शुरू से ही उसकी रूचि आध्यात्मिक कार्यों में थी। फाइनल वर्ष आते-आते उसका रुझान एस्ट्रोलॉजी (ज्योतिष शास्त्र) की तरफ़ हुआ, और उसने ज्योतिष की शिक्षा लेनी प्रारम्भ करी, माने हुए ज्योतिष आचार्य श्री गंगाधर शास्त्री जी से, जिनका ज्योतिषशास्त्र में नाम बहुत ही विख्यात था। उनसे ज्योतिष सीखना अपने आप में निश्चित ही एक बहुत बड़ी उपलब्धि थी। खैर हर रोज़ प्रातः 3: 00 बजे उठकर पहले घाट पर जाना, नहाधोकर ज्योतिष पड़ना, और फिर सुबह 5: 00 बजे घर वापस आकर कॉलेज के लिए तैयार होना। श्याम की यह दिनचर्या रोज़ की थी। उसके माता पिता को भी श्याम का ये ज्योतिष का नया-नया रुझान बहुत ही अटपटा लगता था, पर श्याम की गहन रूचि को देखते हुए उन्होंने कभी भी इसका विरोध नहीं किया। श्याम शुरू से ही कम बोलता था। अपने आप में ही रहता था। उसका कोई मित्र भी नहीं था। हमेशा गुमसुम चुपचाप-सा रहता था। घर पर भी पूजा पाठ का माहौल था, और सब ईश्वर की भक्ति करते, और शांति से अपना जीवन बसर कर रहे थे। श्याम को भी पुराण, वेद शास्त्रों को पढ़ने का शौक़ था, वही शौक़ धीरे-धीरे ज्योतिष और तंत्र की राह पर जा रहा था। वह अकेले बैठ कर कई घंटो ध्यान में ही लगा रहता था।

CHAPTER 5

डॉ किशोर (साइकेट्रिस्ट) का क्लिनिक

"यह शुरू से ही चुप रहता है डॉक्टर साहब" ! बहुत ही कम बात करता है। घंटो अकेला कमरे में पड़ा रहता है। इसका कुछ भी समझ नहीं आता। तीन दिनों से यूनिवर्सिटी भी नहीं गया है। इसकी माँ बहुत चिंता करती है, उसीके कहने पर मैं इसको आप के पास लेकर आया हूँ, आप इसकी जांच करे और बताए की सब ठीक है न।"- श्याम के पिता ने डॉक्टर से हाथ जोड़ते हुए कहा।

"क्यों बेटा ! क्या बात है, कैसे हो"-डॉ किशोर ने श्याम की और देखते हुए कहा, श्याम का चेहरा गुस्से से तमतमा रहा था, साफ़ नज़र आ रहा था, जैसे कि उसकी मर्जी के बिना जबर्दस्ती उसे डॉ किशोर को दिखाने लाया गया है। गुस्से की एक और बड़ी वज़ह ये थी, की डॉ किशोर शहर के एक प्रख्यात साइकेट्रिस्ट थे, और श्याम को ये बिलकुल भी पसंद नहीं था कि कोई उसे पागल समझे और साइकेट्रिस्ट को दिखाए।

"पिछले कुछ महीनो से इसका बिहेवियर बहुत ही अजीब-सा नज़र आ रहा है-जैसे साहब को ज्योतिष का शौक चढ़ा हुआ है, बाक़ी किसी से कोई बात चीत नहीं करता, गुम सुम चुप चाप रहता है हमेशा।"-श्याम के पिता ने कहा।

"क्या तुम्हे डर और भय भी लगता है श्याम, किसी तरह का फोबिया या कोई चिंता और गबराहट।" -डॉ किशोर ने श्याम को देखते हुए पूछा ।

"डर और इसको.......-कभी नहीं । दिल का तो ये बहुत ही कठोर है।"-श्याम के पिता ने अपनी बात जारी रखी।

"क्या मतलब ! "-डॉक्टर किशोर ने पूछा ?

"मतलब यह डॉक्टर साहब! आज से तीन-चार साल पुरानी घटना है। कि हम इसको अपने गाँव ले कर जा रहे थे। जैसे हम बस लेने को चढ़े, तो देखा की सामने एक बहुत भयंकर एक्सीडेंट हो गया है। एक कार बहुत बड़े ट्रक से टकरा गई थी, और कार पलट गयी थी। उसमे दो लोग बैठे थे, जिसमे से एक को काफ़ी चोटें आयी थी, और दूसरा मौके पर ही ख़त्म हो गया था। जो जिन्दा था उसके सर, छाती और पेट से बहुत खून निकल रहा था। वह कार से बाहर नहीं निकल पा रहा था। आसपास काफ़ी भीड़ इकट्ठी हो गई थी, पर कोई भी उसको कार से बाहर नहीं निकाल पा रहा था। तभी अचानक मैंने देखा, कि श्याम बिना किसी चिंता घबराहट के, उस घायल आदमी के पास गया,और उसको खींच के कार की खिड़की से बाहर निकाल कर ले आया। उस आदमी का सिर पूरी तरह से फटा हुआ था, और सिर में से खून का फ़वारा छूट रहा था। पर इसने बिना घबराये, बिना डरे, अपने दोनों हाथों से सिर की उस चोट को ज़ोर से दबा दिया, और तब तक दबा के रखा जब तक वह खून बिल्कुल रुक नहीं गया। ये बच्चा इसी हालत में तकरीबन एक-दो घंटे तक रहा, जब तक कि एंबुलेंस नहीं आ गई। सभी लोग उसकी बहादुरी की बहुत तारीफ कर रहे थे। इसके पूरे शरीर पर, कपड़ों पर खून के दाग थे। पर मैंने इसको बिल्कुल भी विचलित होते हुए नहीं देखा। यह एकदम स्थिर था, शांत और चुप था, और फिर कई दिन तक ये यूँही चुपचाप रहा। ऐसे बहुत से वाक्य हैं, जब इसका बिहेवियर कुछ अजीब होता है। आपको दिखाने की वज़ह यह है। कि पिछले दो हफ्तों से यह घर पर ही बंद है, और कुछ पुराने ग्रंथ जैसे वेद, पुराण शास्त्र पढ़ता रहता है। पिछले एक हफ्ते से उपवास भी कर रखा है, और कुछ नहीं खा रहा, कुछ बोलता भी नहीं है। बस कुछ पूछो तो यूँही गुस्से से देखता रहता है। "- श्याम के पिता ने अपनी बात विस्तार से समाप्त करते हुए कहा।

डॉ किशोर को लगा कि कुछ ओसीडी (ऑब्सेसिव कम्पलसिव डिसऑर्डर) के सिम्टम्स हैं। "क्या इसका ये व्यवहार इसी तरह जल्द-जल्द बदलता रहता है?"-डॉ किशोर ने पूछा।

"हाँजी डॉक्टर साहब "-पिताजी ने जवाब दिया। श्याम अभी भी गुस्से से तमतमा रहा था, शायद उसको ये सब बिलकुल भी ठीक नहीं लग रहा थ।

"कुछ घबराने की बात तो नहीं? " - पिता जी ने पूछा ।

"अरे नहीं-नहीं, कुछ भी नहीं, ये तो बहुत बहादुर लड़का है। थोड़ा स्ट्रेस में है, बस ये दवाई शुरू करें, और एक महीने के बाद मुझे फिर दिखाएँ।"- डॉ किशोर ने कुछ दवाइयाँ लिखकर परचा पिताजी को पकड़ा दिया और श्याम को देखते हुए डॉ किशोर ने पिताजी को कहा कि –"आप इसको हमेशा ऑब्जर्व करें, और अगर बिहेवियर में कुछ भी चेंज आए तो मुझे ज़रूर सूचित करें।"

"जरूर डॉ साब! वैसे तो श्याम बहुत ही धार्मिक और अनुशासित लड़का है और अपनी संस्कृति से जुड़ा हुआ है। इसके अध्यापक भी कहते हैं, कि जीवन के सभी गहन विषयों पर उसके सोच विचार बहुत दृढ़ हैं। इसका ये भी मानना है, कि समाज में सुधार लाने के लिए सिर्फ़ कठोर क़दम ज़रूरी है, वरना कुछ बदलता नहीं है। ये औरतों की भी बहुत इज़्ज़त करता है और अपनी माँ को बहुत पूजता है।"

"हाँ मुझे पूरा विश्वास है कि श्याम एक बहुत ही होनहार बालक है।"- डॉ किशोर ने भी उसके पिता की हाँ में हाँ मिलाते हुए कहा।

पर श्याम को अपने बारे में होती हुई इस चर्चा में रत्ती भर भी रूचि नहीं थी, वह अभी भी मुँह फुलाए बैठा था।

CHAPTER 6

ऑटोप्सी रूम

"सबसे आगे होंगे हिंदुस्तानी"-यूँ तो सलमान खान की पिक्चर का ये गाना हम **144** करोड़ हिंदुस्तानिओं के दिल में आज भी ख़ूब जोश भर देता है। और ऐसा है भी,हम आगे तो हैं, पर अफ़सोस है तो बस इस बात का की आज भी हम साइंस पर कम और वहम पर ज़्यादा भरोसा करते हैं। फ़ैक्ट्स के बजाये, मन घड़ंत कहानियों को सुनना ज़्यादा पसंद करते हैं, भई, कम से कम हमारी फॉरेंसिक मेडिसिन और ऑटोप्सी रूम के बारे में तो ये बात बिलकुल ठीक साबित होती है। और भला इससे बुरा और क्या ही हो सकता है कि जिन ऑटोप्सी स्किल्स की दुनिया दाद देती है, हमारे यहाँ उन हाइली स्किल्ड डॉक्टर्स को चीर फाड़ करने वालो का नाम दे दिया जाता है। वह डॉक्टर्स, जो मरने वालो के दफ़न राज़ और उनकी मौत कि सच्चाई दुनिया के सामने लाने के लिए अपनी सारी नॉलेज और एक्सपीरियंस के ज़रिये एड़ी से चोटी तक का ज़ोर लगा देते है, उनके स्किल्स को तो जैसे चाय कि चुस्कीओं में ही उड़ा दिया जाता है । और रही बात हमारी मोरचरी और ऑटोप्सी टेबल कि, तो उसके तो दूर-दूर तक कोई फटकना भी नहीं चाहता। और अगर कहीं ऑटोप्सी के वक़्त मौजूद रहने को कह दिया जाये, तो बड़े बड़े सूरमा और अफसरों के चेहरे कि हवाइयाँ ही उड़ जाती है।

ऑटोप्सी के सभी ज़रूरी औजार और ज़रूरी इक्विपमेंट्स लगा दिए गए थे और पोस्ट मोर्टेम रूम तैयार हो गया था।

मैं भी वाश करके और ऑटोप्सी क्लोथ्स पहनकर पोस्टमॉर्टम रूम में आ गया था। सामने पवन सर्जिकल दस्ताने पहनकर तैयार खड़ा था, और- हमारे सामने थी सफ़ेद चादर में लिपटी हुई एक लाश।

पवन मेरा मोर्चरी अटेंडेंट है, उम्र 45 साल, बिल्कुल पतला-सा जिस्म, पतला फेस और हलकी-सी मूंछे। हमेशा गुटखा चबाता रहता है, तकरीबन 20-25 साल से मोर्चरी अटेंडेंट है, और अपने आपको किसी भी फॉरेंसिक डॉक्टर से कम नहीं समझता है। कोई भी छोटा-सा धब्बा या कोई निशान बॉडी पर कुछ भी हो, उसकी आंखों से कभी भी नहीं चूकता है। पूरा परफेक्शनिस्ट है, बारीक से बारीक डिसेक्शन करता है, और तब तक करता जाता है जब तक संतुष्ट ना हो।

उससे सतर्क रहने कि वज़ह ये है कि उसको हर चीज में शक करने की आदत है। इसलिए छोटी-सी चोट भी अगर शरीर पर हो, तो उसने यही कहना होता है कि सर इसका तो पक्का ही मर्डर हुआ है। और मैं उसको हमेशा यही समझाता हूँ कि कभी भी प्रीफिक्स नोशंस लेकर केस मत शुरू करो।

हर क्रिमिनल केस में बहुत कड़ियाँ खुलती हैं और हम यह कभी भी नहीं कह सकते किस केस का आखरी में क्या नतीजा निकलेगा।

पर यह जनाब कहाँ मानने वाले हैं इनका तो राग शुरू हो जाता है, सर यह तो हंड्रेड परसेंट मर्डर है। और मैं भी उसको सुनकर स्माइल कर देता हूँ,और कहता हूँ कि चलो देखते हैं।

यूँ तो पवन में खूबियां बहुत हैं, पर उसकी जिस बात पर मुझे सबसे ज़्यादा हंसी आती है, वो ये कि किसी भी बॉडी को देखते ही झट से बता देता है कि इसके पोस्टमॉर्टम एग्जामिनेशन में कितना समय लगेगा। और हंसी कि बात ये कि जबभी असल जिंदगी में उसकी किसी से बहस या मनमुटाव होता है, तब भी उसके मन में यही बात चल रही होती है जो कि उसके चेहरे से साफ पड़ी जा सकती है।

साइमा और वैभव भी ऑटोप्सी ड्रेस पहनकर पोस्टमार्टम रूम में आ गए थे। मैंने लाश की शीट क़ो हटाने को कहा, पवन ने जैसे ही कपड़ा हटाया साइमा मेरे कहे बिना ही बॉडी की हाइट नापते हुए बोली-5 फुट 3 इंच।और जैसे उसकी नज़र भी बॉडी की शक्ल पर पड़ी वह हैरान होकर बोली-"सर! इसका चेहरा तो बिल्कुल काला पड़ चुका है।"

"काला नहीं है साइमा, यह गहरा नीला रंग है। इसको साइनोसिस **(cyanosis)** कहते हैं, और ये ऑक्सीजन की कमी की वज़ह से हो जाता है।"

"अभी मैं सिर से पैर तक एग्जामिनेशन शुरू करूंगा, और तब तक वैभव तुम बॉडी की पूरी फोटोग्राफी कर लो।"- मेरे कहने से पहले ही वैभव ने कैमरा अपने हाथ में ले लिया और बॉडी की पिक्चर्स लेनी शुरू कर दी। आंखों में छोटे-छोटे, गोल-गोल बहुत सारे खून के निशान थे, जिनको हम पीटीकल स्पॉट **(petechial spots)** कहते हैं। यह अमूमन तब नज़र आते हैं जब बहुत ही ज़्यादा प्रेशर या दबाव गर्दन पर या छाती पर किया गया हो। जिसकी वज़ह से आँखों में अंदर की तरफ़ बहुत-सी छोटी और पतली धमनिया फट जाती हैं, ऐसा अमूमन तब होता है जब गले को बहुत ही ज़्यादा ज़ोर से दबाया गया हो जैसे कि किसी को गला घोंट के मारना, हाथों से या फिर किसी रस्सी, कपड़े या बेल्ट से।

"यस सर! प्लीज चेक फोटोज, क्या कुछ और भी लेनी है या काफ़ी है।- वैभव ने मेरी तरफ़ कैमरा बड़ाते हुए कहा।

"नहीं, काफ़ी हैं।"- मैंने जवाब दिया।

"और साइमा तुम भी नाखुनो के सैम्पल्स ले लो।"

" हाँ जी सर! बस अभी लेना ही शुरू कर रही थी।"

"साइमा! नाखुनो के सैम्पल्स डीएनए को मैच करने का एक बहुत बड़ा सुराग है। इसे बिल्कुल नहीं भूलना चाहिए।"

"ज़रूर सर!"- साइमा ने जवाब दिया और सैंपल लेने में मसरूफ हो गयी। मैं भी लाश का मुआइना करने लगा। गर्दन और मुंह पर प्रेशर मार्क्स अब साफ़ नज़र आ रहे थे। हर बीते घंटे के साथ चेहरे पर और गर्दन पर दबाव के निशान और उभरते जा रहे थे।

और जैसे ही मैंने शरीर पर छाती के बीचोबीच स्काल्पेल से एक बड़ा कट लगाया, बॉडी एक किताब की तरह खुलती गई। अगर आप को पोस्टमार्टम की कला बहुत अच्छी आती है, तो एक अच्छे फोरेंसिक एक्सपर्ट को बॉडी को एक्सामिन करने के लिए बहुत ज़्यादा दम लगाने की ज़रूरत नहीं। बहुत साफ़ क्लीन हलके हाथ से भी बॉडी आराम से डिसेक्ट हो जाती है और परत दर परत आप आराम से सभी ऑर्गन्स की जांच कर सकते हैं। इससे डिसेक्शन बहुत क्लीन होता है और खून भी काफी कम बहता है।

"गले का डिसेक्शन सबसे बाद में करना है। मुझे सारी मसल्स को ढंग से एग्ज़ामिन करना है।"-मैंने पवन को कहा। अक्सर हैंगिंग या स्ट्रैंगुलेशन के केसेस में गले का पोस्टमार्टम बड़े ही ध्यान से करना होता है वर्ना बहुत अहम् सुराग छूट जाते हैं, गले में बहुत धमनिया होती हैं जो अगर गलती से कट जाएँ तो खून का बहुत रिसाव होता है, जिससे पोस्टमार्टम ठीक से नहीं होता। इसलिए पहले सिर को या पेट को एग्ज़ामिन करना चाहिए जिससे सारा खून सोख लिया जाए और गले का डिसेक्शन बहुत साफ़ हो सके।

"पवन! पोस्टमॉर्टम की शुरुआत इन केसेस में हमेशा छाती और पेट से करते हैं। उसके बाद सिर और सब से बाद में हम गले का डिसेक्शन करेंगे।"

"जी सर! अब आपके साथ कोई **4000** से ज़्यादा पोस्टमार्टम कर चुका हूँ। अब मुझे यह सब मुंह जुबानी याद है कि गर्दन को सबसे आख़री में ही एग्ज़ामिन करना है।"

सुसाइडल हैंगिंग में यानी के गले में फंदा डालकर खुदकुशी करने में इस तरह के पीटी कल हेमरेज **(petechial hemorrhages)** आंखों और चेहरे पर नहीं दिखते।इनका होना इस बात को बताता है कि गले और छाती को बहुत ज़ोर से दबाया गया है, जोकि अमूमन हाथों से या लिगेचर स्ट्रैंगुलेशन में होता है, जिसे हम गला घोट के हत्या करना कहते हैं। इस लाश का पूरा चेहरा गहरा नीला हो रखा था,और चेहरे पर कोई चोट नहीं थी। कोई नाखुनो के या थप्पड़ के मार्क्स नहीं थे। दांत और जीभ भी ठीक थे और कोई भी चोट के निशान नहीं थे मुँह के अंदर। सिर्फ़ गले पर एक चमड़े की ब्राउन रंग की बेल्ट बंधी हुई थी जोकि तकरीबन 8 सेंटीमीटर चौड़ी थी।

बेल्ट में एक लॉक ऐसा था जिससे वो एक तरफ़ से खींचने पर वह दूसरी तरफ़ से ब्लॉक होती जाती थी और उसको अनलॉक करना बहुत मुश्किल था।बेल्ट को काटते हुए मैंने पवन को गर्दन के चौड़ाई, गोलाई और लम्बाई नापने के लिए कहा।

गले में एक **8** सेंटीमीटर चौड़ाई का लिगेचर मार्क, सख्त और गहरे भूरे रंग का था, जोकि बहुत ही साफ़ दिख रहा था और बेल्ट हटाने के बाद और क्लियर हो गया था।

पूरे जिस्म का मुआइना करने के बाद यह कन्फर्म हो गया कि बॉडी पर कहीं भी कोई भी चोट के निशान नहीं है।

जिस तरह से बॉडी क्राइम सीन पर पाई गई थी और जिस तरह के निशान और आकार बॉडी पर दिख रहे थे उससे संभवतः ये तो काफ़ी हद तक साफ़ था कि यह मौत सुसाइड नहीं है। हाँ पर यह टिपिकल गला घोंट के मारा गया हो ऐसा भी बहुत पुख्ता तरीके से नहीं कहा जा सकता है।

बाकि लाश पूरी तरह अकड़ चुकी थी, रीगर मॉर्टिस **(rigor mortis)** पूरी बॉडी पर दिख रहा था और बॉडी के पिछले हिस्से पर पीठ

पर सख़्त भूरे से रंग की डिस्कलरेशन **(postmortem hypostasis)** बहुत साफ़ नज़र आ रही थी।

"सर! गर्दन की मसल्स में तो कोई चोट दिखती नहीं है । और गले की हड्डियों और कार्टिलेज में भी कोई फ़्रैक्चर नज़र नहीं आता।- साइमा ने पोस्टमार्टम असिस्ट करते हुए मुझे कहा।

"ठीक बोल रही हो साइमा ! छाती और पेट में भी कोई चोट नहीं है।"

जैसे ही मैंने पेट का अंदर से डिसेक्शन शुरू किया, पूरे कमरे में शराब की बदबू फ़ैल गयी, साइमा ने नाक सिकोड़ते हुए कहा- "सर! हैवी शराब पी रखी है। "

"हाँ ठीक कह रही हो साइमा, पेट में साफ़ ऐसे निशान मिले हैं जिससे लगता है कि मरने से पहले काफ़ी ज़्यादा मात्रा में अल्कोहल पी गई लगती है।"- मैंने जवाब दिया।

"साइमा! इसके पेट के, ब्लड और पेशाब के सैंपल लेना मत भूलना।"

"नेवर सर !"- साइमा ने जवाब दिया।

"सर ! नाखुनो के सैंपल ले लिए हैं **DNA** के लिए।" - वैभव ने कहा ।

"गुड वैभव !"

"सर! यह देखिए-ये क्या है।"-नीचे पेट का हिस्सा काटते हुए साइमा ने पेट के बाएँ निचले हिस्से की तरफ़ इशारा किया। जैसे किसी ने स्किन पर गोद के कुछ लिखा हुआ हो।

"लगता है किसी ने नुकीली चीज़ (शार्प ऑब्जेक्ट) से इसको गोदा है। ये तो एक चकोर-सी तस्वीर दिखती है और इसमें कुछ नंबर से भी बने हुए हैं ।"

"साइमा! मुझे मैग्नीफाइंग ग्लास दो।"

"ये लीजिये सर! - और साइमा ने मुझको मैग्नीफाइंग ग्लास पकड़ा दिया।

"अरे ! इसमें तो कई सारे खाने बने हुए हैं। एक में नंबर **4** लिखा हुआ है, कुछ खानों में काटें (क्रॉस) जैसा निशान बना हुआ है। बहुत सारे त्रिकोण बने हैं इस चकोर में।"- मैंने बहुत ग़ौर से उस आकृति को जो की शरीर पर पेट के निचले हिस्से में बनी थी, देखते हुए साइमा की तरफ़ वापस देखा, और मुस्कुराते हुए उससे पूछा-"क्यों क्या लगता है साइमा !"

"यह क्या हो सकता है ?"- साइमा ने बड़े हैरान होते हुए पूछा।

साइमा हैरान और बिलकुल स्तब्ध थी,उसको मालूम था कि मुझे जानकारी है कि ये क्या तस्वीर है। साइमा के बाएं हाथ की चारों उँगलियाँ हिल रही थी,उसके हाव भाव बता रहे थे कि वो बहुत उत्सुक है ये जानने के लिए। वैभव और पवन भी मेरे एक दम पास आ गए और एक स्वर में बोले-"क्या माजरा है सर जी ये, ऐसा चित्र लाश पर कौन बना सकता है।"

"इसकी फोटो लो वैभव।" कहकर मैंने फिर साइमा की तरफ़ देखा और कहा-

"साइमा! तुम आजकल के नौजवान इस बारे में नहीं जानते। पर तुम्हारे माता-पिता को यह ज़रूर पता होगा कि यह क्या है ।" मेरी मुस्कुराहट,और मेरे जवाब से साइमा और वैभव दोनों फिर हैरानी से मेरी तरफ़ देखने लगे। "सर! आपको पता है यह क्या है?"

"हाँ वैभव! मुझे पता है यह क्या है। यह किसी ने इसके जिस्म पर कुंडली का निशान बनाया है।"

"कुंडली का !..."-ये सुनकर तीनो के आँख और मुँह आश्चर्य से खुले रह गए।

"यह क्या है सर? और कुंडली जैसा निशान कोई क्यों उसके शरीर पर गोदेगा ? क्या क़ातिल कोई सनकी या पागल है ? कोई साइको है?

और क्या कह रहे हो सर, आपको यह सब कैसे पता चला ?" - तीनो ने एक साथ एक आवाज़ में पूछा ।

"यह कोई बड़ी चीज नहीं है, एक फोरेंसिक एक्सपर्ट को मेडिसिन के साथ-साथ बाक़ी सब विषयों का भी पूरा ज्ञान होना चाहिए, और तुम्हें तो पता है मेरी एस्ट्रोलॉजी (ज्योतिष शास्त्र) में काफ़ी रुचि है।"

"यह हमारे शास्त्रों में एक अति विशिष्ट पुरातन विद्या है, जिस से अगर सही अनुमान लगाया जाए तो जीवन के बहुत सारे भेदों से पर्दा उठ सकता है।"- "सर जी! तुस्सी ग्रेट हो"- कहकर तीनो ने मुस्कुराते हुए हाथ जोड़कर मेरे सामने अपने सर झुका दिए।

"हमें भी कुछ समझाओ सर ! अब तो यह केस बहुत ही इंटरेस्टिंग होता जा रहा है।"

"हाँ-हाँ ज़रूर, तुम समझे बिना कहाँ छोड़ोगे, पर अभी मुझे थोड़ा और एनालिसिस करने दो।"

पोस्टमॉर्टम ख़त्म करके मैंने वाशिंग रूम की तरफ़ जाते हुए कहा- "अभी कॉफ़ी पर मिलते हैं।"

जैसे ही पोस्टमॉर्टम (ऑटोप्सी) रूम के बाहर पैंट्री में गया वह दोनों आलरेडी कॉफ़ी पी रहे थे। कॉफ़ी का कप मेरी तरफ़ बढ़ाते हुए साइमा ने कहा- "सर जी! ये आपकी बिना शक़्कर की कॉफ़ी ।"

"थैंक यू साइमा।"-मैंने भी मुस्करा कर जवाब दिया और पूछा-" क्या लग रहा हैं तुम दोनों को, क्या हो सकता है।"

"सर ! मुझे तो मर्डर ही लग रहा है, गले पर बेल्ट का ज़ोर से दबाव, चेहरे का नीला पढ़ना मुझे तो लगता है कि पहले वाइन पिलाकर उसको बेहोश किया और फिर गला दबाकर इसको मार दिया। शायद इसी वज़ह से बॉडी पर और कोई निशान नहीं थे क्योंकि अग्रेशन ज़्यादा नहीं था।

शायद इसीलिए ज़्यादा संगर्ष और प्रतिरोध करने की कोशिश नहीं की गई।"-साइमा ने जवाब दिया।

"और लाश पर ये कुंडली का निशान?"

"सर जी, ये तो कोई पुराना टैट्टू का निशान हो सकता है।"-पवन ने पैंट्री में आते हुए कहा।

"शटअप पवन! ये निशान मौत के आसपास का है यानी के मरने से ठीक पहले या मरने के एक दम बाद (पेरी मोर्टेम टाइम) का है। किसी ने जानबूझकर बनाया है। कातिल कोई संकेत देना चाह रहा है। "

"इसका मतलब तो किसी ने इसको मारा और क़त्ल करने के बाद ये निशान बनाया-ऐसा सर "- साइमा ने पूछा ।

"हो सकता है ।"- मैंने जवाब दिया।

"हम्म, चलो थोड़ा इंतज़ार करते हैं अभी ब्लड और पेट के सैंपल की रिपोर्ट आ जाए तो काफ़ी कुछ क्लियर हो जाएगा कि कितनी अल्कोहल पी गई थी या कुछ और नशीला अथवा जहरीला पदार्थ तो नहीं मिला हुआ था।"

CHAPTER 7

आश्रम

आश्रम का सारा काम शैलेश ने ख़ूब अच्छी तरह से संभाल लिया था। दिल्ली जैसे बड़े शहर में गुरुजी का आश्रम बहुत प्रसिद्ध था। गुरु श्री केशवानंद महाराज बहुत ही संत पुरुष थे। वह बहुत ही कम बोलते थे, मध्यम कद काठी, सफ़ेद दाढ़ी और मुख पर एक दिव्य तेज, उनका संसर्ग ही काफ़ी था मन मस्तिष्क में शांति उत्पन करने के लिए। और उनके उपदेश तो जीवन को एक आध्यात्मिक दिशा देने के लिए बहुत उपयोगी होते थे। इसलिए बीतते वक़्त के साथ-साथ उनके अनुयायियों की संख्या भी बढ़ती जा रही थी।

शहर के बड़े-बड़े लोग जैसे उद्योगपति, नेता, अभिनेता और सभी तरह के रसूक वाले लोग गुरुजी के भक्त थे। गुरुजी भी शैलेश को बहुत मानते थे। क्योंकि शैलेश ने अपने कौशल और प्रतिभा के बूते पूरे आश्रम को अच्छे तरीके से संचालित कर लिया था। जिस वज़ह से आश्रम का नाम भी ख़ूब फैलता जा रहा था। अनुयायियों की और भक्तों की भीड़ बढ़ती जा रही थी।

***

मोबाइल की बेल बजती है, और फ़ोन उठा कर जैसे ही राठौड़ हैलो बोलता है,दूसरी तरफ़ से आती हुई आवाज़ से राठौड़ की आंखे खुली रह जाती है ,और हैरानी के भाव उसके चेहरे पर साफ़ दिखते हैं।

होटल के सभी कर्मचारियों से पूछताछ चल रही थी। राठौड़ मैनेजर की तरफ़ देखते हुए कहता है- "कांस्टेबल ! आप इनको आज वापस भेज दो।"

"तुम आज जा सकते हो, पर तफ्तीश अभी ख़त्म नहीं हुई, जब भी बुलाया जाये, थाने में एकदम पहुँचना है, कोई भी कर्मचारी शहर से बाहर नहीं जायेगा जब तक तफ्तीश चल रही है, और कुछ भी मौत से सम्बंधित पता चले एक दम ख़बर करना।"-ये कह कर राठौड़ अपनी सीट से उठ जाता है और बाहर की तरफ़ चल पड़ता है।

"जी जनाब!"-मैनेजर ने माथे का पसीना पोंछते हुए जवाब दिया।

"मोरचरी की तरफ़ चलो ड्राइवर!"- राठौड़ बाहर जीप में बैठते हुए ड्राइवर से कहता है। रात के करीब 8 बजे जगमगाती स्ट्रीट लाइट की रोशनियों के बीच पुलिस की जीप मोरचरी की और चलती जा रही थी और डॉक्टर की आवाज़राठौड़ के कानों में गूंज रही थी।राठौड़ जल्दी आओ मुझे पेट के निचले हिस्से में एक अजीब-सी आकृति बनी हुई मिली है।

ये आवाज़ रह-रह कर राठौड़ के कानों में गूंज रही थी। पेट के निचले हिस्से में एक आकृति बनी हुई है। जिसको किसी ने कोई नुकीले औजार से गोद-गोद के बनाया है। ऐसे बहुत सारे सवाल राठौड़ के दिमाग़ में उठ रहे थे। कि यह कौन कर सकता है? इतना विक्षिप्त कैसे किसी का दिमाग़ हो सकता है? क्या यह जानबूझकर किया गया है? क्या कातिल का इशारा किसी और तरफ़ है? पर ऐसी चीज कोई किसी के शरीर पर क्यों ही बनाएगा? क्या यह मौत के बाद बनाई गयी है या मारने से पहले? इन्हीं सवालों की उधेड़बुन में जाने कब गाड़ी मोरचरी के बाहर पहुँच गई राठौड़ को पता ही न चला। "सर! मोरचरी आ गई।"- ड्राइवर की आवाज़ से एकाएक एकदम राठौड़ अपने ख्यालों से जैसे बाहर आया और बोला- "ड्राइवर! गाड़ी पार्किंग में लगा दो और मेरा इंतज़ार करो।"- यह कह कर राठौड़ सीधा पोस्टमार्टम रूम की तरफ़ बढ़ गया।

मोरचरी

डॉ के-के ने मुंह पर सिगरेट लगाई हुई थी। पवन, साइमा और वैभव लाश के आसपास घेरा बना कर खड़े हुए थे।राठौड़ को अपनी तरफ़ आता देख के-के ने कहा-"आजाओ राठौड़! यह देखो !"

डॉली की लाश सामने खुली हुई पड़ी थी, पूरी बॉडी का डिसेक्शन हो चूका था।पेट के निचले बाई तरफ़ चमड़ी पर एक चकोर आकृति बनी थी जिसमे बहुत सारे त्रिकोण जैसे खाने बने हुए थे। सबसे ऊपर के खाने में चार लिखा हुआ था, बाकि कुछ खानो में कांटे (X) बने हुए थे । यह साफ़ था कि यह चकोर से दिखने वाली तस्वीर कुछ बहुत अजीब थी, सभी लोग बहुत हैरान थे, ऐसा पहले किसी ने भी ना देखा था ना ही सुना था।राठौड़ भी ऑटोप्सी टेबल पर पड़ी हुई लाश को बड़ी ग़ौर से देख रहा था।

"राठौड़! यह तो साफ़ है कि या तो मौत से एकदम ठीक पहले, या एकदम बाद में जिसे हम पेरिमोर्टेम पीरियड कहते हैं इस तस्वीर को बनाया गया है।"

"पर डॉक्टर! इस तस्वीर का मतलब क्या है? आपको क्या लगता है यह कोई क्यों बनाएगा?"

"मुझे लगता है इसको बनाने वाले का कहीं ना कहीं ज्योतिष शास्त्र से लेना-देना है।"

"क्या मतलब?" -राठौड़ ने बड़ी उत्सुकता से पूछा।

"हम सब भी ये जानने के लिए उत्सुक हैं।"- साइमा और वैभव ने एक स्वर में कहा।

"यार यह सब मैं आपको डिटेल में बाद में बताऊंगा। पर मेरा मानना है कि इसमें कुछ एस्ट्रोलॉजिकल एंगल ज़रूर है।"

"क्या कह रहे हो डॉ के के, आप भी इस सब में यक़ीन करते हो।" - डॉ के-के राठौड़ की बात सुन कर मुस्करा दिए ।

"पर डॉक्टर आपको हैरानी होगी कि मेरे पिता भी ज्योतिष शास्त्र को काफ़ी मानते हैं, पर मुझे इसमें विश्वास नहीं है । पर आपकी बात सुनकर मुझे ठीक लग रहा है कि ऐसी कुछ तस्वीरें हैं, मैंने मेरे पिता को भी बनाते हुए देखा है,और लग रहा है कि शायद ये कुछ कुंडली जैसी तस्वीर किसी ने बॉडी पर बनाई है।"

"ठीक कह रहे हो राठौड़, मेरा भी यही मानना हैं।"- उन दोनों कि बातें सुनकर **साइमा** और वैभव कि हैरानी और बढ़ती जा रही थी।

"सर !, कहीं ऐसा तो नहीं कि इसने इस तस्वीर को पहले से ही गुदवाया हो-वैभव ने पूछा।" "नामुमकिन" डॉ के-के ने कहा-"फॉरेंसिक एग्ज़ामिनाशन के हिसाब से ज़्यादा से ज़्यादा बिल्कुल मौत के वक़्त के आसपास बनाई गई है।"

"एक काम करो राठौड़, इसके घर वालों को बुला कर पूछ ताछ करो, शायद कुछ पता लगे। इसके मोबाइल और लैपटॉप से भी डिटेल्स निकालो की आखिरी दिनों में किस-किस से बात हुई।"

"ओके डॉक्टर ज़रूर, पर क्या मैं इसकी फोटो ले सकता हूँ,अगर आप इज़ाज़त दो तो?"

"तुम ले सकते हो, पर बाहर शेयर मत करना,मीडिया वाले पागलों कि तरह इस केस को ट्रैक कर रहें हैं, कुछ भी छाप देंगे।"- डॉक्टर के ऐसा कहते ही सभी मुस्कुरा उठे।

CHAPTER 8

राठौड़ का घर

रात में खाने की टेबल पर राठौड़ की फैमिली बैठ कर साथ में खाना खा रही थी – "बेटा! बहुत व्यस्त रहते हो आजकल, काम कैसा चल रहा है।"- राठौड़ के पिता ने पूछा।

"कुछ नहीं पिताजी, बस एक नए केस में थोड़ा मसरूफ हूँ।"

"ना खाने पीने का होश है, ना किसी और काम का"- राठौड़ की पत्नी शिखा, एक चपाती राठौड़ कि प्लेट में रखते हुए बोली।

"बस एक केस में बिज़ी हूँ बाबूजी, एक गुत्थी है जो सुलझ नहीं रही है। ये देखिए आप भी, राठौड़ ने मोबाइल में पिक्चर निकाल कर पिता की तरफ़ कर दी-क्या लगता है आपको, क्या है ये?"

"खाने की मेज पर तो यह सब मत करो।"-शिखा झुंझला कर फिर से बोली।

"सॉरी ! ठीक है पिताजी, खाने के बाद दिखाता हूँ आपको।"-राठौड़ ने सकपकाते हुए शिखा कि तरफ देख कर कहा- "शिखा ठीक कहती है खाने के बाद आराम से बात करते हैं।"

"अरे कोई बात नहीं, क्या तस्वीर है ?"-पिताजी ने अपनी कुर्सी से उठते हुए, मोबाइल को पकड़ते हुए,फोटो को ग़ौर से देखते हुए कहा।- "अरे यह तो किसी ने कुंडली जैसी तस्वीर बनाई हुई है। तो अगर ये

कुंडली ही है तो इसके हिसाब से पहले भाव में 4 लिखा हैऔर दुसरे, छठे और आठवें भाव में यह क्रॉस (X)लगाया हुआ है।"

"पिताजी इससे क्या समझ में आता है ? "-राठौड़ ने पूछा।

"अगर मैं मोटा-मोटा समझाऊँ, तो वैदिक ज्योतिष में, फल और प्रेडिक्शन करने के लिए हम कुंडली में ग्रहों की पोजीशन को आधार मानकर उनका एनालिसिस करते हैं।"

"कुंडली में 12 भाव होते हैं। जिनके अलग-अलग अभिप्राय होते हैं। पहला भाव, जातक के शरीर से सम्बंध रखता है। दूसरा भाव, धन का होता है जिसको मारक स्थान भी कहते हैं। छठा भाव -रोग ऋण और शत्रु कि जानकारी देता है। सातवां भाव, पति और पत्नी का स्थान होता है। और वहीँ आंठवे भाव से आयु, आकस्मिक मृत्यु, गुप्त कार्य, गुप्त विद्या देखी जाती है। अब क्योंकि तुमने जो मुझे दिखाया है उसमें दूसरे भाव में, छठे में और आठवें भाव, में क्रॉस (x) का निशान बना हुआ है। अब मैं यह नहीं कह सकता कि इस क्रॉस का क्या मतलब है? पर यह कुंडली जिस किसी कि भी है, पहले भाव में जो चार(4) लिखा है तो इसका मतलब ये जातक कर्क लग्न का हो सकता है। "

"और इसकी पुष्टि, इसकी डेट ऑफ बर्थ, जन्म के स्थान और समय से साफ़ हो सकती है, अगर वह हमे पता हो तो।"

और जैसे-जैसे पिताजी यह सबकुछ बोलते जा रहे थे, राठौड़ हैरान परेशान होकर एकटक उनको देखते जा रहा था, पर उसका दिमाग़ कुछ काम नहीं कर रहा था कि ये सब क्या माजरा है।

CHAPTER 9

होटल का बैंकवेट रूम खचा खच भरा हुआ था। सारा स्टाफ इकट्ठा था और क्यों न हो आज का दिन ही बहुत ख़ास था। आज कंपनी का बेस्ट परफ़ॉर्मर वाईस प्रेजिडेंट **(VP)** ऑफ़ द ईयर जो नॉमिनेट होना था। सारे वाईस प्रेजिडेंट ख़ूब तैयार होकर आये थे। सभी की दिल की धड़कने तेज थी। दुष्यंत उर्फ़ डीके भी 3 पीस सूट में बिलकुल तैयार था और उसे भी उम्मीद थी की शायद वह भी आज चुना जा सकता है। उसकी टीम डीके से काफ़ी खुश थी और अमूमन सारे टारगेट भी ठीक ठाक पूरे हो गए थे और कंपनी को काफ़ी प्रॉफिट भी हुआ था।

"और बेस्ट परफ़ॉर्मर **VP** है दुष्यंत !" -महिला एंकर की ऊँची आवाज़ से हाल तालियों की गड़गड़ाहट से गूँज उठा।

"बहुत मुबारकबाद डीके !"- कंपनी के डायरेक्टर ने डीके से कहा और उसको अवार्ड दे दिया। अवार्ड पाकर डीके बहुत खुश था पर साथ ही साथ होटल में डॉली के बारे में सोचकर कुछ परेशान भी था।

रात **12: 00** बजे का समय था, गाड़ी को पार्किंग में रखकर डीके जैसे ही अपने फ़्लैट में घुसा, सामने बीवी को खड़े देखकर उसके चेहरे की हवाइयाँ उड़ गई। "अरे तुम! अब तक जगी हो।"

"हाँ, तुम्हारा ही इंतज़ार कर रही थी। पता है कितने फ़ोन किये तुमको? बात क्यों नहीं कर रहे थे? कहाँ थे सुबह से ?"- रीना ने जैसे सवालों की झड़ी लगा दी थी।

"कहाँ जाऊंगा यार, ऑफिस में ही था, फिर आज अवार्ड फंक्शन भी था, फ़ोन उठाया था तुम्हारा पर एकदम बैटरी ख़त्म हो गई थी इसलिए फ़ोन ऑफ हो गया। तुम तो बेवजह ही परेशान हो जाती हो।"- डीके ने अपनी झेंप छुपाते हुए कहा।

"अच्छा मैं रूम में जा रहा हूँ, मुझे बड़ी नींद आ रही है, आज मैं खाना नहीं खाऊंगा। तुम भी सो जाओ ज़्यादा परेशान मत रहा करो।"- कहकर डीके अपने रूम की तरफ़ चल पड़ा और रीना बड़े ही अनमने मन से डीके को रूम में जाते हुए देखते रही। डीके के जवाब से वह कितनी संतुष्ट हो पाई ये कहना मुश्किल था।

डीके बिस्तर पर लेटा हुआ था। आंखें बंद थी, पर दिमाग़ में कई सवाल चल रहे थे। डॉली ठीक तो होगी, कहीं कुछ और तो नहीं हुआ होगा, सुबह बात करूंगा उससे, इन सब सवालों में न जाने कब उसकी आँख लग गई।

क्लार्क होटल

होटल मैनेजर ने राठौड़ को रजिस्टर पकड़ा कर कहा-"यह लीजिए सर ! बुकिंग रजिस्टर, डॉली ने कल शाम को ही कमरा बुक किया था, सिर्फ एक दिन के लिए।"

"सर! ये डॉली मैडम हर महीने में एक दो बार रूम बुक कर लेती थी। अमूमन सप्ताह के अंत में ही करती थी, जिस दिन देर रात तक क्लब में पार्टी होती हैं ।"-मैनेजर ने कहा।

"आजकल तो हाई सोसाइटी गर्ल्स का यह आम काम है, रात को देर तक पार्टी करती हैं, शराब पीती हैं और फिर सुबह काम पर आ जाती हैं, क्या ज़माना आ गया है।" - हेड कांस्टेबल चौबे जी बोले।

पर राठौड़ उनकी बात को अनसुनी करते हुए बोला- "मैनेजर ! सीसीटीवी की फुटेज भी लेकर आओ।"

"सर! इस फ्लोर का सीसीटीवी कैमरा खराब पड़ा है।"

मैनेजर का जवाब सुनकर राठौड़ ने नाराजगी से कहा-"पर लॉबी का सीसीटीवी कैमरा तो काम कर रहा होगा, क्यों नहीं ठीक रखते हैं होटल के कैमरे। उस रात पार्टी में जो भी था सब की डिटेल्स निकालो और सबको बुला लो।"-राठौड़ ने चौबे को कहा ।

"ठीक है सर!"- कहकर चौबे ने मैनेजर को देखा ।

"जी सर! मैं सब अरेंज करता हूँ, सारी डिटेल्स निकाल कर लाता हूँ ।"- यह कहकर फुर्ती से मैनेजर कमरे से बाहर निकल गया।

कुछ तकरीबन 40 से 45 लोग रात में क्लब में थे जिनके बारे में जानकारी सामने में आई थी। इसमें से काफ़ी सारे स्टूडेंट से और कुछ सॉफ्टवेयर कंपनी में काम करते थे। डॉली शाम में करीबन 6: 00 बजे क्लब में आई थी पर वह 10 मिनट के बाद क्लब से बाहर निकली और अपने कमरे में वापस आ गई। पार्टी रूम में कुछ भी संदिग्ध नहीं लग रहा था, ना ही डॉली किसी से कोई बात करती नज़र आई थी।

"इन वीडियो क्लिप से कुछ भी क्लियर नहीं हो पा रहा, ये केस पेचीदा होता जा रहा है।"-राठौर ने चौबे की और देखते हुए कहा तो चौबे ने भी गर्दन नीचे करके अपनी हामी भर दी।

CHAPTER 10

दुष्यंत उर्फ़ डीके के मोबाइल पर एक अनजाने नंबर से कॉल आ रही थी।-

"मोबाइल उठाते क्यों नहीं, पता नहीं कौन है?"- रीना के ऐसा चिल्लाते ही फ़ोन की घंटी दोबारा बज गयी।

"हैलो,कौन है!-डीके ने पूछा।

हैलो, मिस्टर डीके!- दूसरी तरफ़ से बहुत सॉफ्ट आवाज़ एक महिला की थी।

"हैलो, हाँ कहो कौन है!"- डीके अपनी कुर्सी से उठते हुए बाहर बालकनी की तरफ़ जाते हुए बोला।

"डीके ! डॉली का मर्डर हो गया है,और मुझे पता है कि यह तुमने किया है।" -फोन पर दूसरी तरफ़ से महिला ने कहा।

"क्या बकवास कर रही हो-कौन हो तुम?"- डीके के हाथ पांव फूलने लग रहे थे।

"मैं कौन हूँ यह ज़रूरी नहीं, मगर ज़रूरी यह है कि अगर तुम चाहते हो कि मैं पुलिस में ना जाऊँ, और तुम सारी उम्र जेल की चक्की ना पीसो, तो हम एक बार मिलकर बात कर सकते हैं।"

"तुम क्या चाहती हो?"- डीके ने माथे का पसीना पोंछते हुए पूछा।

"सिर्फ दो करोड़ रुपए"- उस सॉफ्ट-सी आवाज़ ने कहा।

"क्या दिमाग़ खराब है तुम्हारा, मैं इतना पैसा कहाँ से लाऊंगा तुम्हें शायद कुछ गलतफहमी हुई है।"

"कोई बात नहीं, सोच लो तुम्हारे पास कल 12: 00 बजे तक का समय है, वरना बड़ी खूबसूरत तस्वीर है तुम्हारी डॉली का मुंह दबाते हुए, पुलिस को काफ़ी अच्छी लगेगी।"

रीना अंदर कमरे से डीके को बाहर बालकनी में बात करते देख रही थी । और तभी डीके कमरे का दरवाज़ा खोलकर रीना को अपनी तरफ़ अंदर आता हुआ दिखाई दिया।

"मुझे जाना होगा, ऑफिस से फ़ोन आया है ।"-डीके ने कहा।

"अरे क्यों पर आज तो छुट्टी है, आज भी काम।"

"हाँ, कोई ज़रूरी काम है ।"

यह कहकर डीके कार की चाबी उठाकर कमरे से बाहर निकल गया, और कार की चाबी लगाते ही कार स्टार्ट होकर रोड पर दौड़ पड़ी। डीके ड्राइविंग सीट पर बैठा था, विचारों का ताना-बाना दिमाग़ में चल रहा था, कि कौन हो सकती है यह लड़की? क्या कह रही है यह? क्या सचमुच उसके पास ऐसी कुछ तस्वीरें हैं? क्या डॉली सचमुच मर चुकी है? इस तरह के

बहुत सारे सवाल एक के बाद एक डीके के दिमाग़ में घूम रहे थे। तभी फ़ोन की बेल एक बार फिर बजी तो डीके ने भी कार चलाते हुए एकदम लपक के फ़ोन उठाया। -

"बोलो! कौन हो तुम ?"- दूसरी तरफ़ से वही आवाज़ आई-"क्या सोचा तुमने!"

"कुछ नहीं, कहाँ मिलना है ।"-डीके ने पूछा ।

"पार्क रेस्टोरेंट में मिलते हैं, ठीक 12: 00 बजे दोपहर में।"-महिला ने कहा।

"ठीक है! पर यह बताओ........"- इससे पहले कि डीके कुछ और पूछता दूसरी तरफ़ से फ़ोन काट दिया गया था। डीके ने कार वापस होटल क्लार्क्स की तरफ़ मोड़ दी, गेट पर पुलिस और मीडिया की गाड़ियाँ देखकर वह वहीं कुछ दूर रुक गया।

पार्क रेस्टोरेंट

रेस्टोरेंट में डीके के दो टेबल छोड़कर पीछे एक आदमी कालाकोट पैंट पहन कर बैठा था। आंखों में उसने ब्लैक गॉगल्स लगा रखे थे, और कोई मैगजीन पलट रहा था। उसकी पीठ डीके की तरफ़ थी बाक़ी पूरा रेस्टोरेंट खाली था।

"यस सर!" एनी ऑर्डर,- बैरा ने पूछा। दोपहर का एक बज चुका था, और डीके बार-बार अपनी घड़ी देख रहा था। बैरा को साफ़ लग रहा था कि वह किसी का इंतज़ार कर रहा है। "रुको अभी!"- बड़ी बेसब्री से कहने के साथ उसका ध्यान फिर घड़ी पर गया-

"अभी किसी और ने भी आना है, तब मंगाते है।"

"ओके सर!"- कह कर बैरा वापस चला गया। तभी कुछ ही देर बाद सामने से डार्क मैरून कलर का टॉप और वाइट स्कर्ट पहने, एक पतले से शरीर की सुंदर लड़की उसे अपनी तरफ़ आती हुई दिखाई दी। डीके को उसका चेहरा कुछ जाना पहचाना लग रहा था।

"हैलो, मिस्टर डीके! क्या हाल है।"-उस लड़की ने डीके के नजदीक पहुँच कर अपना हाथ आगे बड़ा दिया।

"मैं ठीक हूँ ! " -डीके ने हाथ मिलाते हुए अपनी सीट से उठते हुए कहा।

"यह सब क्या है? कौन हो तुम?"- डीके ने पूछा।

"मेरा नाम श्वेता है, तुम मुझे शायद नहीं जानते, पर मैं तुम्हें अच्छी तरह से जानती हूँ।"

डीके को भी उसका चेहरा जाना पहचाना लग रहा था, "हाँ याद आया तुम्हें तो मैंने काफी बार क्लार्क होटल में ही देखा है"-डीके ने कहा।

"हाँ डीके! तुमने ठीक पहचाना मैं क्लार्क होटल में ही काम करती हूँ, हाउस कीपिंग विभाग में।"अब डीके को काफ़ी कुछ साफ़ हो गया था।

"आपकी जान बख़्श ने की बहुत छोटी-सी क़ीमत सिर्फ़ दो करोड़ रुपए मांग रही हूँ, क्योंकि मैंने आप को डॉली को मारते हुए देखा है, और मेरे पास सब सबूत है।"

"क्या पागल हो गई हो, इतने सारे पैसे मैं कहाँ से लाऊंगा। और मैंने डॉलीको नहीं मारा, मुझे यक़ीन है वह ज़िंदा है। और वह कैसे मर सकती है, मुझे याद है जब मैं कमरे से बाहर गया था उसकी सांसे चल रही थी, वह बिलकुल ठीक थी।"

"यह देखो डीके!"- उसकी बात को बीच में ही काटते हुए श्वेता ने अपना फ़ोन डीके की तरफ़ आगे कर दिया-"तुम ख़ुद फ्लिप कर-कर सारी फोटोस देख सकते हो, करीबन 20-25 फोटोग्राफ्स हैं, वैसे बहुत सुंदर तस्वीरें हैं।"- उस लड़की ने व्यंगात्मक ढंग से चुटकी लेते हुए कहा।

डीके जैसे-जैसे तसवीरें देख रहा था, उसके चेहरे की हवाइयाँ उड़ती जा रही थी। उन तस्वीरों में डीके साफ़ साफ़ डॉली का मुंह दबा रहा था। ये सब देख कर डीके पसीना-पसीना हो गया, घबराहट के भाव उसके चेहरे पर साफ़ नज़र आ रहे थे।

"अपने माथे का पसीना पोंछ लो डीके!"-श्वेता ने रुमाल उसकी तरफ़ बढ़ाते हुए कहा, "थोड़ा पानी पी लो।"- और पानी के गिलास को आगे कर दिया।

"एनी ऑर्डर सर!"- बैरे ने एक बार फिर आकर पूछा ।

" यस, दो ऑरेंज जूस ले आइये"- श्वेता ने डीके की तरफ़ देखते हुए बोला।

"कुछ खाने को भी, मैडम ? "

"नहीं कुछ और नहीं"- डीके ने गुस्से से बैरे कि और देखते हुए कहा।

जूस पीने के बाद दोनों खड़े हुए, और एक साथ रेस्टोरेंट से बाहर निकल गए। और उनके बाहर जाते ही वह काले लिबास पहने हुए आदमी ने वेटर को बुलाया, और बिल लाने के लिए कहा। और बिल देने के बाद हल्का-सा मुस्कुराते हुए, वह भी रेस्टोरेंट से बाहर चला गया।

***

डीके पगलाया हुआ-सा इधर-उधर घूम रहा था, उसे कुछ समझ नहीं आ रहा था कि क्या किया जाए, कहाँ से लाऊंगा इतना रुपया, क्या गारंटी है कि वह बाद में ब्लैकमेल नहीं करेगी? ऐसे बहुत सारे सवाल उसके दिमाग़ में गूँज रहे थे। मुझे कुछ करना ही होगा, अगर किसी तरह से उसका मोबाइल मुझे मिल जाए तो सारी फोटोस ख़त्म की जा सकती हैं।

इस तरह के न जाने बहुत सारे ख़्याल उसके दिमाग़ में चल रहे थे, और कुछ सोचकर उसने गाड़ी फिर से क्लार्क होटल की तरफ़ मोड़ दी। डीके ने मन बना लिया था कि वह श्वेता का पीछा करेगा, और सही मौका देखकर उसका मोबाइल फ़ोन चुरा लेगा, बस यही एक तरीक़ा है अब बचने का। उसने अपनी सफेद रंग की कार होटल के गेट से कोई 100 मीटर की दूरी पर खड़ी कर दी ताकि आने-जाने वालों पर नज़र रखी जा सके। ठीक रात के 9: 00 बजे उसने श्वेता को होटल के गेट से बाहर निकलते हुए देखा।

श्वेता ने बाहर आकर प्राइवेट कैब ली –"चलो भैया! सीआर पार्क जाना है।"

"ओके मैडम!"- ड्राइवर ने कहते हुए कार स्टार्ट कर दी और डीके ने भी अपनी गाड़ी कैब के पीछे लगा दी। करीबन आधे घंटे के बाद गाड़ी सीआर पार्क में एक बहु मंजिला इमारत के आगे रुकी।

"बस भैया, यहीं रोक दो!"- पैसे देकर वह गाड़ी से बाहर उतर गई, और सोसाइटी के गेट की तरफ़ पैदल ही बढ़ गई।

डीके ने भी अपनी कार कुछ दूरी पर रोक ली थी।उसने कार को सोसाइटी की पिछली अंधेरी लेन में पार्क कर दिया, और सब की नज़र छुपा कर सोसाइटी के अंदर घुस गया। गेट पर चौकीदार किसी और से बात कर रहा था, और शायद इतना ही वक़्त काफ़ी था उसकी आंखों से बचकर अंदर आने के लिए, जिसको डीके ने बिल्कुल भी बर्बाद नहीं किया। अंदर लेटर बॉक्स पर श्वेता का नाम लिखा था, और लिखा था रूम नंबर 901 जिसे देख के डीके कि ख़ुशी का ठिकाना नहीं था। वह जल्दी से सीढ़ीओं की तरफ़ से ऊपर जाकर नौवें माले में पहुँच गया। श्वेता का मैनडोर अभी पूरी तरह अंदर से बंद नहीं किया गया था, शायद बेध्यानी में हल्का खुला रह गया था। डीके के लिए यह मौका सोने पर सुहागा था, वह धीरे से दरवाज़ा खोलकर कमरे में घुस गया।अंदर ड्राइंग रूम में कोई भी नहीं था, साथ ही एक छोटा-सा डबल बैडरूम था, जिसमे अंदर वॉशरूम से पानी गिरने की आवाज़ आ रही थी। शायद श्वेता वॉशरूम में थी।

इससे अच्छा सुनहरा अवसर डीके के लिए कोई और नहीं हो सकता था। उसने जल्दी से इधर-उधर मोबाइल को ढूँढना शुरू किया, पर उसको फ़ोन कहीं मिल नहीं रहा था।डीके को पता था उसके पास यही कीमती 5-6 मिनट है, अगर अभी नहीं तो फिर कभी नहीं। उसने अपनी पूरी ताकत लगा दी थी, उस दो कमरे के फ़्लैट में उसने पूरी छानबीन करनी शुरू कर दी थी। हर तरफ़ देखने के बाद भी उसको कहीं फ़ोन नहीं मिल रहा था। पर अंदर श्वेता को बाहर कुछ खटपट की आवाज़ सुनाई दे रही थी, वह एकदम सतर्क हो गई थी। उसने अपनी नज़रें वॉशरूम में घुमाई तो एक बड़ा भारी लंबा-सा फ्लावर वास उसे दिखाई दिया। उसे यक़ीन था कि अंदर कमरे में कोई है। पानी की धार को उसने और तेज

कर दिया, ताकि उसकी मूवमेंट कि आवाज़ बाहर न जा सके, और धीरे से वॉशरूम का दरवाज़ा खोलकर वह बाहर कि तरफ़ आने के लिए मुड़ी ।

दबे पावों से बाहर निकलने पर बाहर डीके उसे कुछ ढूंढता हुआ दिखाई दिया। डीके की पीठ उसकी तरफ़ थी, और डीके बेड पर झुका हुआ कुछ ढूँढ रहा था। वह धीरे-धीरे दबे कदमो से डीके की तरफ़ बड़ी, उसके हाथ में बड़ा-सा वास था, डीके के पीछे पहुँचते ही उसने कहा- "क्या ढूँढ रहे हो डीके" ! अचानक आवाज़ सुनते ही घबराकर जैसे ही डीके पीछे पलटा, उसने वह भारी वास डीके के सर पर बहुत ज़ोर से मार दिया और डीके लहू लुहान होकर नीचे गिर गया और हांथो के बल रेंगता हुआ कमरे से सटी बालकनी में आ गया। श्वेता भी उसके पीछे पीछे बालकनी में आ गयी।

पर जैसे ही श्वेता ने दोबारा डीके को मारने के लिए वास उठाया, डीके ने एकदम उसका हाथ पकड़ लिया और अपनी तरफ़ खींचकर उसकी गर्दन को अपनी बाजू से दबोच लिया। "बता हरामजादी! कहाँ है तेरा फ़ोन?"

"डीके मेरे फ़ोन तक तू कभी भी नहीं पहुँच पाएगा, नहीं बताऊंगी।"

"तेरी इतनी हिम्मत कि तू मेरे घर तक आ जाए"-श्वेता बोली ।

"मेरा फ़ोन तो तुझे जीते जी नहीं मिलेगा डीके।"

यह कहकर उसने अपने दांत डीके की बाजू में गड़ा दिए, और डीके की पकड़ जैसे ही ढीली हुई, श्वेता ने एक और चोट फिर उसके सिर पर जड़ दी । और डी के ने भी धक्का मुक्की में ज़ोर से श्वेता को बालकनी की रैलिंग कि तरफ़ धकेल दिया।

वह धक्का इतना ज़ोर से था, कि इससे पहले श्वेता कुछ कर पाती, उसका पैर फिसला और उसकी दोनों टांगें रेलिंग पर लगी । जिससे उसका बैलेंस एकदम बिगड़ गया। इससे पहले वह थोड़ा भी संभल पाती उसका जिस्म एकदम पीछे की तरफ़ पलट गया, और वह ऊपर बालकनी

से नीचे की तरफ़ गिर गई। श्वेता कि चीख पूरी सोसाइटी में गूँज गयी, और डीके भी उसे ज़मीन की और गिरते हुए देखता रहा। डीके बिलकुल स्तब्ध था। यह सब कुछ इतना जल्दी से हुआ की डीके को कुछ भी समझने का मौका नहीं मिला। श्वेता का मोबाइल बालकनी में गिरा हुआ था, डीके कि नज़र जैसे ही मोबाइल पर पड़ी, उसने जल्दी ही फ़ोन को अपने कब्जे में किया और कमरे से बाहर निकल गया।

श्वेता की लाश फ़्लैट के नीचे ठीक बड़े से आहाते में गिरी हुई थी। सिर एक तरबूज की तरफ़ फट गया था, दिमाग सिर के बाहर आकर कई छोटे-छोटे हिस्सों में ज़मीन पर बिखर गया था। खून ही खून लाश के आसपास फैला हुआ था।

तभी एक परछाई काले लिबास में, मुँह पर नकाब पहने हुए, श्वेता कि लाश की तरफ़ धीरे-धीरे बढ़ रही थी। हलकी-सी मुस्कुराहट के साथ उस नकाबपोश ने ज़मीन पर पड़ी लाश को पलट कर देखा, अपने जेब से कोई हथियार जैसी चीज़ निकाली, और श्वेता कि लाश पे कुछ लिखने लगा।और इससे पहले की कोई उसे देखे, वह भीड़ के आने से पहले ही वहाँ से ओझल हो गया।

CHAPTER 11

(मेडिकल कॉलेज में नए स्टूडेंट्स को फॉरेंसिक का लेक्चर)

डॉ के-के ने अपने अंदाज़ में लेक्चर शुरू किया।

"क्योंकि ये आप सब लोगों का पहला लेक्चर है, तो आज में सिर्फ़ आप लोगों को ये बताऊंगा कि ये ब्रांच कितनी मुक्तलिफ़ है, और इसका कितना अहम् रोल है।"

डॉ के-के ने बोलना ज़ारी रखा-

"फॉरेंसिक मेडिसिन एक्सपोर्ट पर एक बहुत ही अहम जिम्मेदारी होती है, कि वह हर छुपी हुई चीज में कोई राज़ या कोई झूठ को पकड़े, और उसे दुनिया के सामने उजागर करे। और झूठ तभी पकड़ा जा सकता है, जब सत्य और ठीक क्या है इसका आपको बहुत ही बारीकी से पता हो। इस फील्ड के डॉक्टर को अमूमन सारे ही मेडिकल शाखाओं और सब्जेक्ट्स का बहुत गहन अध्ययन करना पड़ता है । ताकि किसी डॉक्टर से भी अगर कोई चूक हो किसी ऑपरेशन को करने में, या अपने काम को ठीक से न अंजाम देने में, तो उसकी भी गलती का जल्द से जल्द पता लगाया जा सके। फॉरेंसिक मेडिसिन का फील्ड इतना डिमांडिंग है, कि फॉरेंसिक डॉक्टर को ना ही सिर्फ़ ऐसे कई विक्टिम्स या मरीजों को देखना होता है, जिनके साथ कुछ जुर्म या कुछ भी ग़लत हुआ है। बल्कि क्राइम सीन पर भी जाना होता है, और पुलिस और न्याय पालिका , की भी मदद करनी होती है ऐसे सभी केसेस में । इस फॉरेंसिक विभाग में काम करने के लिए, आपका एक ऑलराउंडर पर्सनैलिटी होना बहुत ज़रूरी है,

जिसमे डॉक्टरी के साथ बाकी सभी विषयों पर भी आपकी काफ़ी अच्छी पकड़ होना लाजमी है।"

"कहीं ना कहीं आपको सीधा अध्यात्म से जोड़ने में, इस विभाग का बहुत बड़ा हाथ रहता है। जैसे कि मैं कहूँ कि हर फॉरेंसिक डॉक्टर का कहीं ना कहीं कुछ आध्यात्मिक झुकाव होगा, तो यह ग़लत नहीं होगा। और क्यों ना हो, हर रोज़ मौत को बहुत करीब से देखना, ये महसूस करना की समाज में बहुत नाम और पहचान रखने वाले वो तमाम लोग, जो अपनी नाक पर मक्खी भी बैठे नहीं देते हैं, जिनके आगे पीछे लोगों का जमावड़ा लगा रहता है । वो तमाम सभी लोग जो कि आजकल की कृत्रिम दुनिया में कहीं खो चुके है, और सिर्फ़ नाम, पैसा और शोहरत को पाने की एक अंधी दौड़ में भाग रहे हैं। उनकी मौत के बाद जब उनकी लाश मोर्चरी में सफेद कपड़े में लिपटी हुई एक टेबल पर पड़ी होती है, उस वक़्त उनके पास कोई भी उनका चाहने वाला नहीं होता सिर्फ़ एक फॉरेंसिक डॉक्टर के अलावा। जिसको अब उनकी आखिरी यात्रा में उनका साथ देना है, उनके हर राज से पर्दा उठाना है,यह बताना है दुनिया को कि उनकी मौत की वज़ह और कारण क्या था। मौत को इतने करीब से रोज़ देखना, कहीं न कहीं आपके अंतर्मन को हिला देता है, आपको हमेशा सचेत रखता है कि जीवन कितना अर्थहीन है, और किसी भी घड़ी कुछ भी घट सकता है।"

"कई बार जब मैं मानव व्यव्हार और संबंधों का बारीकी से चिंतन करता हूँ और उसको अपने केसेस के परिपेक्ष में सोचता हूँ, तो मैं हैरान परेशान हो जाता हूँ। कि कैसे वह सारे परिवार वाले, रिश्तेदार और दोस्त यार, जो कल तक तो एक दूसरे के साथ जीने मरने का दम भरते हैं। वही सब लोग मरने के बाद एकदम कैसे बिल्कुल अनजान हो जाते हैं, और अपना मुंह मोड़ लेते हैं। कई बार जब लाश की शिनाख्त के वक़्त, मैं किसी के भी परिवार के सदस्य को बुलाता हूँ, कि जैसे कि बेटे को बाप की या माँ की लाश की शिनाख्त करना है, या फिर पति ने पत्नी की करना हो। तो ये लोग दूर से ही नाक मुंह सिकोड़ते हुए आते हैं, और डरते-

डरते- "ठीक है, ओके है"- कहकर पीछा छुड़ाते हैं। ये सभी बस नाम भर के रिश्तेदार होते हैं , अपने मरे हुए परिजन के करीब तक आना नहीं चाहते। मुंह पर रुमाल रखते हुए हमें कहते हैं, कि सर दरवाज़ा बंद कर दीजिए, हमने पहचान लिया है दूर से ही।"

"और क्या है यह दुनिया, क्या ऊपर वाले की माया है, जितना सोचो उतनी ही हैरानी और घृणा होती है। चलिए मैं आपको और इमोशनल नहीं करता, और आज का लेक्चर यहीं ख़त्म करता हूँ। बाकी अगली क्लास में।"- ये कहकर डॉ के-के ने अपना फ़ोन उठाया और क्लास से बाहर की और निकल गए।

सारे नए मेडिकल स्टूडेंट्स, बिलकुल चुपचाप बड़े ध्यान से डॉ के-के का लेक्चर सुन रहे थे। सब मन्त्र मुग्द से बैठे थे। और जैसे ही डॉ के-के ने लेक्चर ख़त्म किया सब एकदम जैसे वापिस से अपनी दुनिया में आ गए।

आज मेडिकल फील्ड में सब स्टूडेंट्स का, फॉरेंसिक मेडिसिन के रूप में जैसे किसी नयी ब्रांच से रूबरू हुआ था। जो कि सही मायने में सबसे बिलकुल अलग थी, जितनी रोमांचक और रहस्मयी थी, उतनी ही ज़िन्दगी के कई अनकहे पहलूओं को गहरे में स्पर्श करती थी। सब स्टूडेंट्स डॉ के-के से काफ़ी प्रभावित हो गए थे।

CHAPTER 12

लाश के आसपास भीड़ इकट्ठी होनी शुरू हो चुकी थी, सोसाइटी के सभी लोग अपने-अपने घरों से बाहर निकल चुके थे। तभी किसी अधेड़ उम्र की औरत ने लाश को पहचानते हुए कहा-"अरे बहन जी! यह तो श्वेता है, हाय भगवान कितनी बड़ी दुर्घटना हो गई इस बच्ची के साथ।"

एक दूसरी महिला ने स्वर में स्वर मिलाया-"हाँ-हाँ, यह तो वही है ना, जो की अकेली रहती थी।"

"हाँ बहन जी, यह वही है।"-एक दूसरी आवाज़ आयी।

तभी सामने से पुलिस की टीम, जीप से उतरते हुए लाश की तरफ़ आती हुई दिखाई दी, और पीछे से राठौड़ और चौबे जी भी आ रहे थे। "चौबे जी! एंबुलेंस को भी फ़ोन कर दो"-राठौर ने कहा। पुलिस को अपने पास आता देख, भीड़ लाश की तरफ़ से हट गई,राठौड़ ने भी डॉ के-के को फ़ोन मिला दिया था ।

"हाँ राठौड़! क्या हुआ"- डॉ के-के कि आवाज़ फ़ोन पर थी।

"डॉक्टर! एक ऊंचाई से गिरने पर मौत का केस है, एक जवान लड़की अपनी बालकनी से नीचे गिर गई है।"

"गिर गई है या किसी ने गिरा दिया है"-डॉ के-के ने पूछा।

"अभी ऐसा कुछ नहीं कहा जा सकता, मौके पर तो ऐसा कुछ नहीं दिख रहा, पर मैं क्राइम सीन पर हूँ, लोकेशन भेज रहा हूँ, अगर तुम आ सको तो बहुत बेहतर।"

"ओके राठौड़ लोकेशन भेजो मैं जल्दी पहुँचता हूं" -डॉ के-के ने कहा और फ़ोन बंद कर दिया।

"देखा,आज फिर ग्रोसरी नहीं होगी!"- डॉ के-के को रिया का गुस्सा होना जायज लग रहा था, पर उसकी बात को नजरअंदाज करते हुए कहा- "जानेमन! कल पक्का ले चलूंगा, ग्रोसरी भी कर लेंगे, और तुम्हें शॉपिंग भी करा दूंगा, मगर आज जाने दो आज मामला कुछ सीरियस लग रहा है।"

"तुम और तुम्हारे सीरियस मामले"- रिया ने बड़ी मायूसी के साथ कहा। पर इससे पहले की वह डॉ के-के के तरफ़ मुड़ती, वह कमरे से बाहर निकल कर कार की तरफ़ जा चूका था। और रिया ने नाराजगी में अपना मुंह दूसरी तरफ़ घुमा लिया -हाँ, ये उसके लिए कोई नई बात नहीं थी।

साइमा के फ़ोन की बेल जैसे ही बजी, साइमा ने आधी नींद से उठते हुए उबासी लेते हुए कहा- "हैलो -कौन?"

"क्या, सो रही हो साइमा? गेट अप फ़ास्ट ,दूसरी तरफ़ से डॉ के-के की आवाज़ थी।"

"क्या हुआ सर? साइमा ने अनमने मन से पुछा।"

"कुछ ज़्यादा नहीं, क्राइम हुआ है, वैभव को लेकर जल्दी से क्राइम सीन पर आ जाओ, मैं लोकेशन भेज रहा हूँ।"

"क्या हुआ है सर, क्या केस हैं ? साइमा ने आंखें मलते हुए पूछा ।"

"कम फास्ट" पहुँचने पर बताता हूँ।"

क्राइम सीन, एंबुलेंस और पैरामेडिक्स की टीम आ चुकी थी, फॉरेंसिक टीम भी फिंगरप्रिंट्स और ट्रेस एविडेंस उठा रही थी। सब को काम करता देख राठौड़ के चेहरे पर कुछ सुकून के भाव आ गए थे।

" प्लीज! मुझे बॉडी को एग्ज़ामिन करने दे, और आप सब थोड़ा पीछे हट जाएँ।"- मेरी आवाज़ सुनकर, सभी पुलिस वाले और फोरेंसिक वाले एकदम से थोड़ा दूर हट गए बॉडी से, और राठौड़ ने भी सब को बॉडी से पीछे होने को कहा। मैंने लाश का मुआयना करना शुरू कर दिया।

"20 से 25 मीटर की ऊंचाई से गिरी हुई लगती है।"

" नवी मंज़िल से गिरी है"-राठौर ने कहा,

"लैंडिंग सिर पर हुई है उसके बाद चेस्ट, पेट और टांगे ज़मीन पर लगी है। चोटें सिर, छाती और कंधों पर आई हैं और दिमाग़ का पूरा कचूमर बन गया है, आंखें बाहर निकल गई हैं, इंपैक्ट बहुत ज़ोर का महसूस होता है।"- डॉ के के ने लाश का मुआयना करते हुए कहा।

"बॉडी की पोजीशन के बारे में क्या लगता है, डॉक्टर के के !" -राठौर ने के-के को देखते हुए पूछा।

"राठौर ये साफ़ है कि लाश काफ़ी ऊपर से गिरी है और नीचे ज़मीन पर सिर का पिछला हिस्सा पहले लगा है, जिसके फटने से इसकी मौत हुई है।"

"तो इस तरह गिरने से सुसाइड तो नहीं लगती, है ना डॉक्टर ? "-राठौर ने बड़ी उत्सुकता से पूछा।

"ऐसा कहना बहुत जल्दी है, अभी मुझे पूरी बॉडी का डिटेल निरिक्षण करना पड़ेगा, कि शरीर में सिर के साथ-साथ हाथों, टांगों और पैरों की हड्डियों पर किस तरह की चोटें हैं और किस तरह के फ्रैक्चर हैं-तभी कुछ ठीक अनुमान लगाया जा सकता है।"

"हैलो सर" ! हम भी आ गए आपकी सेवा में!"- साइमा और वैभव ने एक साथ कहा। दोनों को देखकर डॉ के-के और राठौड़ भी मुस्कुरा दिए।

ऑटोप्सी रूम

ऑटोप्सी रूम में बॉडी लग चुकी थी। डॉ के के, वैभव और साइमा ऑटोप्सी क्लोथ्स पहन कर डिसेक्शन शुरू करने ही लगे थे। तभी लाश को पीठ की तरफ़ पलटते ही पवन चिल्ला उठा- " सर! ये देखिये फिर वैसी ही कुंडली जैसी तसवीर"- और पीठ के नीचे की हिस्से की तरफ़ एक कुंडली का निशान साफ़ नज़र आ रहा था। ये कुछ वैसा ही मिलता जुलता निशान था, जो कि पिछली लाश में दिखा था। बाकी पूरी बॉडी अकड़ी हुई थी- रीगर मोर्टिस की आखिरी स्टेज थी। पीठ पर और बाकी निचले हिस्सों पर हलके नीले रंग की डिस्कलरेशन आ चुकी थी, जिससे कुंडली का निशान उभर कर साफ़ नज़र आ रहा था। ध्यान से दोबारा एग्जामिन करने पर बॉडी पर कोई और निशान नहीं मिला।

"बॉडी पर कोई और निशान तो नहीं है"- के-के ने पूछा।

"नहीं सर! मैंने सब देख लिया है, कोई और निशान नहीं है"- साइमा ने कहा।

डॉ कबीर के चेहरे पर गुस्से और झुंझलाहट के भाव साफ़ नज़र आ रहे थे। डॉ के-के को ये तो समझ आ चूका था, कि कातिल कोई एक ही शक्स है, जो किसी ख़ास वज़ह से ये सब क़त्ल कर रहा है। पर डॉ के-के ने शायद मन ही मन इस चैलेंज को स्वीकार कर लिया था, और ठान लिया था, कि हो ना हो अब वह जल्दी ही इस केस को सॉल्व करेगा, और इस राज़ पर से पर्दा उठाएगा।

"किसी तांत्रिक का काम लगता है सर!"- साइमा की आवाज़ से डॉ के-के का ध्यान टूटा। "कोई शायद किसी ख़ास तरह की तंत्र प्रैक्टिस कर रहा है। शायद मानसिक रूप से बीमार भी लगता है।"—वैभव ने भी साइमा की बात में हाँ में हाँ मिलाते हुए ।

वैभव ने बॉडी की कई सारी फोटोस ले ली थी। वही कुंडली जैसा निशान था, पर इस दफ़ा पीठ के निचले हिस्से में बना हुआ था। डॉ के-के

ने बड़ी गहराई से देखते हुए कहा-"वही 12 खाने बने हुए है और पिछली बार कि तरह इस बार भी दूसरे, छठे, और आठवें भाव में क्रॉस (x) लगे हैं, पर पहले खाने में इस बार 5 लिखा है ।" यह सभी बातें साइमा और वैभव के सिर के ऊपर से जा रही थी, पर डॉ कबीर के मूड को देखते हुए दोनों कि कुछ पूछने की हिम्मत नहीं पड़ रही थी।

"सिर पर क्रश इंजरी है, सिर कि हड्डी भी चकना चूर है, और दोनों पांव के टखनों कि हड्डियाँ भी टूटी हुई हैं।"-वैभव ने एक-एक करके सारी जानकारियाँ दोहरा दी। "हाँ मुझे पता है वैभव" पोस्टमार्टम मैंने ही किया है।"- सुनकर वैभव मुस्करा उठा।

डॉ के-के ने हाथो को वॉश करते हुए पूछा- "क्या अंदर की सारी ऑर्गन्स ठीक है।"

"सर! सारी ऑर्गन्स तो ठीक है, बस सिर्फ़ आँतों में चोटें आयी हैं।"

"ओके इसका विसरा संभाल लो, और फॉरेंसिक विभाग में जांच के लिए भेज दो, जानना ज़रूरी हैं कि मरने से पहले कुछ जहरीला पदार्थ तो नहीं खाया या खिलाया गया।"

"जी सर! ज़रूर"- साइमा ने जवाब दिया।

डॉ के-के ने आगे कहना जारी रखा-"और यह साफ़ है गिरने से ही मौत हुई है। मुझे यक़ीन है किसी ने पहले मार कर ऊपर से नीचे नहीं फेंका, लेकिन मौत गिर के मरने से ही हुई है।"

"सर! क्या ऐसा हो सकता है, पहले हार्ट अटैक आ गया हो, और फिर गिर गई हो ।"- साइमा ने पूछा ।

"नहीं साइमा! बिल्कुल नहीं, हार्ट का डिसेक्शन मैंने ख़ुद किया है, कोरोनरी धमनियाँ बिलकुल ठीक हैं। इनमे किसी भी तरह की बीमारी का कोई निशान नहीं था, कोई भी ब्लॉकेज नहीं थी, कार्डियक अरेस्ट तो बिल्कुल नहीं था।"

"यह पक्का है इसकी मौत गिरने से हुई है, हाँ पर यह देखना है कि ख़ुद गिरी है यानी एक्सीडेंटल है, या कि किसी ने धक्का दिया है। और दूसरा सबसे ज़रूरी अहम् सवाल है बॉडी पर ये कुंडली जैसी तस्वीर किसने बनाई है, और क्यों बनाई है?"

"यह पक्का है जिसने भी ये काम किया है, उसने यह मौत के आसपास ही बनाई है इसका कलर और चमड़ी का रंग दोनों में एक जैसे पैटर्न है।"

"बिल्कुल ठीक कह रहे हैं सर! ये पक्का मर्डर है सर, हंड्रेड परसेंट।" पवन के ऐसा कहते ही सब एक साथ मुस्करा उठे।

मोबाइल कि बेल बजते ही डॉ के-के ने फ़ोन स्विच ऑन किया और कहा-"हाँ राठौड़ कहो!"

"क्या फाइंडिंग है ऑटोप्सी की, कुछ मिला क्या ?"-राठौड़ ने सवाल किया।

" हाँ राठौड़ हो सकता है कि बेध्यानी से गिरी हो, या फिर किसी ने धक्का दिया हो, पर ये पक्का है कि मौत गिरने कि वज़ह से ही है। हाँ पर एक और कुंडली का निशान मिला है बॉडी पर बिल्कुल पिछले केस जैसा, पर इस बार उस पर नंबर कुछ अलग से लिखे हुए हैं पहले भाव में लिखा है 5 पर बाक़ी 2, 6 और 8 भावो में क्रॉस लगा है। क्या तुम्हे कुछ मिला उसके घर से?"

"कुछ मिला नहीं डॉक्टर, पूरा घर छान लिया है, कहीं कुछ ऐसा नहीं है, हाँ बस एक पुराना वास मिला है जिसपर कुछ खून के धब्बे हैं, सील कर लिया है और कुछ नहीं है।"

"हाँ, उन खून के धब्बों कि फॉरेंसिक DNA जांच करा लेते हैं, कुछ शिनाख्त में मदद मिलेगी।"- डॉ के के ने कहा।

"पर डॉक्टर इन कुंडली के खानो का क्या मतलब है, ये कौन बना रहा है इन लाशों पर ?, कुछ कह सकते हो इस बारे में।"

"अभी कुछ पक्की तरह से नहीं कह सकता राठौड़, तुम्हारी तरह अभी मेरे पास भी इसका कुछ जवाब नहीं है।"- उधर राठौड़ ने भी लंबी सांस लेते हुए कहा इसका मतलब यह भी मर्डर ही है, और कातिल कोई एक ही शख़्स है।

"हाँ राठौड़! लगता तो कुछ ऐसे ही है,पर शरीर की चोटों से और पोस्टमार्टम से ऐसा बिल्कुल नहीं लगता कि पहले इस लड़की को मारा गया हो, और बाद में इसकी लाश को नीचे फेंक दिया हो। ये बिलकुल मुमकिन नहीं, तो मेरा मानना है की मिलेजुले संकेत हैं , मौत गिरने से हुई है, पर हो सकता है क़ातिल ने जोर से धक्का दिया हो।"

"यह कौन आदमी है जो इस तरह एक के बाद एक क़त्ल कर रहा है, और करने के बाद यह इस तरह लाशों पर कुंडली जैसा निशान बनाने का क्या मतलब है, क्या बताना चाहता है? क्या यह कोई संकेत है? कोई भेद है? ये किस तरफ़ इशारा है? क्या किसी और की भी मौत होने वाली है?"

"रुको राठौड़! थम जाओ ,बेकार में दिमाग़ कि दही मत करो, मेरी बात सुनो, इस लड़की के सभी दोस्त, परिचित, घर वाले, सहकर्मी, सभी कि कांटेक्ट डिटेल्स निकालो, एक-एक से पूछताछ करो, कहीं कोई सुराग ज़रूर मिलेगा। मोबाइल जप्त कर लो, कॉल डिटेल्स निकालो, पता चलेगा आखिरी दिन मौत से पहले किस-किस से बात हुई थी।"

"लैपटॉप तो मिल गया है पर मोबाइल नहीं मिला कहीं पर।"-राठौड़ ने कहा।

"आजकल के ज़माने में मोबाइल ना हो ऐसा हो नहीं सकता, पता लगाओ ज़रूर मिलेगा। पोस्टमार्टम रिपोर्ट में कल तक तैयार कर दूंगा।" - डॉ के-के ने जवाब दिया।

"ओके,कल मिलते हैं"-यह कह कर राठौड़ ने फ़ोन काट दिया।

CHAPTER 13

"जो आया है वह एक दिन वापस भी जाएगा, मृत्यु एक सत्य है, ये निश्चित है, ये सनातन है। हर दिन को आज में गुजारो, और जीवन के हर क्षण का भरपूर आनंद लो आज बस इतना ही "-ये कहकर गुरु केशवानन्द महाराज जी ने अपनी आवाज़ को विराम दिया, और सब लोग हाल से उठकर बाहर कि और जाने लगे।

"क्या बात है शैलेश! आजकल बहुत चुप-चुप रहते हो, तबीयत तो ठीक है।"- गुरु जी ने शैलेश की तरफ़ देखते हुए कहा।

"ऐसी कोई बात नहीं गुरु जी, आपको शायद वैसे ही लग रहा है।"- शैलेश ने धीरे से मुस्कुरा कर कहा।

"आज सुबह कमिश्रर साहब आनंद राज का फ़ोन आया था, कह रहे थे कि बहुत दिन हो गए आपसे बात किए हुए,और आपके दर्शन भी करने हैं, आपसे मिलना चाहता हूँ आज शाम को। तो मैंने भी उन्हें आज शाम को आने के लिए कहा है। तुम्हे कुछ जानकारी है, क्या चल रहा है आजकल, किस बारे में मिलना चाहते होंगे?"- गुरु जी ने पूछा।

"हाँ गुरुजी! मुझे कुछ-कुछ अंदेशा है, आपको याद है कि आश्रम में एक लड़की आती थी जिसका नाम डॉली था, जो कि हमेशा चुपचाप रहती थी, जिसने करीबन 1 वर्ष पहले हमारा आश्रम ज्वाइन किया था।"

"हाँ -हाँ वही, जो किसी प्राइवेट कंपनी में काम करती थी, डिप्रेशन में भी थी जब वह यहाँ आई थी।"

"हाँ गुरूजी ! वही जो कुछ डिप्रेशन में थी जब वह यहाँ आई थी। मुझे पता चला है कि उसका क़त्ल हो गया है, मुझे लगता है शायद उसी के सिलसिले में कुछ पूछताछ करनी होगी।"

"क्या कह रहे हो ? ये कब हुआ ? किसने किया ?- "तभी मैं सोचूं कि अचानक आनंद राज का फ़ोन कैसे आ गया। ओम शांति, भगवान उस लड़की की आत्मा को शांति दे, पता नहीं क्या गुज़र रहा होगा उसके घर वालों पर।"

"ठीक है शैलेश!, जब आनंद राज आए तो तुम भी शाम को मेरे पास आ जाना, तुम्हें इस बारे में बेहतर पता है, शायद तुम्हारी जानकारी उसके कुछ काम आ जाए।"

"जी गुरूजी" -शैलेश ने जवाब दिया।

ये कहकर गुरु जी अपने कमरे में विश्राम करने चले गए, और शैलेश भी गुरु जी को प्रणाम करके कुछ सोचता हुआ अपने कमरे की तरफ़ बढ़ गया।

***

"आनंद ! काफ़ी व्यस्त हो गए हो आजकल और बच्चे कैसे हैं?"- गुरुजी ने पूछा।

"आपकी कृपा है गुरुजी ! सब कुशल मंगल है।"-कमिश्रर आनंद राज ने चाय का प्याला उठाते हुए कहा।

"आपको पता है कि शहर में एक युवती कि मौत हुई है।» - कमिश्रर ने सीधा मुद्दे कि बात पर आते हुए कहा।

"हाँ आनंद! आज ही पता चला, भगवान उसकी आत्मा को शांति दे। हमें पता चला है कि वह हमारे ही आश्रम में आती थी, पर जहाँ तक मेरा मानना है वह बहुत शांत स्वभाव की लड़की थी। किसी प्राइवेट कंपनी में काम करती थी शायद।"

"पर उसकी तो किसी से कोई भी रंजिश नहीं थी"-गुरु जी ने कहा-»क्यों शैलेश« !

"हाँ गुरुजी!"- शैलेश ने जवाब दिया।

"गुरुजी! ए सी पी राठौड़ इस केस की तफ्तीश कर रहा है।"-कमिश्नर आनंद ने कहा। "आपसे पूछ ताछ करने की परमिशन मांगी थी,पर मुझे लगा था कि पहले मैं आपसे मिलकर बात कर लूं।"

"मैंने उसको भी आर्डर दिया है, कि जो कुछ भी पूछताछ हो सहज तरीके से हो और आपको किसी तरह का भी कोई कष्ट ना हो।"

"कोई बात नहीं आनंद, पर मुझे अच्छा लगा कि तुम मेरे बारे में इतना सोचते हो।

"गुरु जी यह सिर्फ़ एक प्रक्रिया है जांच की, थोड़ी-सी जानकारी चाहिए राठौड़ को, और वह कोई भी शिष्य दे सकता है।"-आनंद राज ने गुरूजी को हाथ जोड़ते हुए कहा।

"शैलेश, इस बारे में पूरी जानकारी मुहैया कराएगा, तुम फ़िक्र मत करो, आनंद।"

"हाँ गुरुजी!"- शैलेश ने कहा।

गुरूजी को पता था कि कमिश्नर आनंद उनकी बहुत इज़्ज़त करता है, और बहुत मानता है। गुरूजी समझते थे की कमिश्नर आनंद उनसे बोलने में हिचकिचा रहे हैं, शायद अपने फ़र्ज़ और गुरु जी के प्रति सम्मान में थोड़े भावुक थे।

"ठीक है गुरुजी! अब मैं चलता हूँ।"- चाय की प्याली को टेबल पर रखते हुए आनंद राज ने कहा।

"थोड़ा और बैठते आनंद!"

" नहीं गुरुजी, फिर आऊंगा, ओम शांति! ।"- कह कर आनंद राज ने गुरु जी के चरण स्पर्श करे और कमरे से बाहर निकल गया।

शैलेश भी पुलिस की कारों के काफिले को आश्रम के मुख्य गेट से बाहर जाते हुए देखता रहा, जब तक वह उसकी आंखों से ओझल नहीं हो गया।

***

पुलिस जगह-जगह छापे मार रही थी, शहर के सभी तांत्रिको और अघोरियों को पकड़-पकड़ कर उनसे पूछताछ हो रही थी, पर कोई भी सुराग हाथ नहीं लग रहा था। सारी मीडिया एजेंसीज इन क़त्ल की वारदातों को कवर कर रही थी। मीडिया, जनता, पॉलीटिशियंस सब में बहुत गुस्सा था। पुलिस प्रशासन अथवा फोरेंसिक विभाग दोनों ही सकते में थे।

कमिश्नर आनंद फ़ोन पर-"डॉ के-के ! क्या यह सच है कि कातिल कोई तांत्रिक या ज्योतिषी हो सकता है। क्या यह सच है कि दोनों लाशों पर कुछ निशान मिले हैं जो बताते हैं कि कोई कुंडली जैसी चीज बनाई गई है।"

"जी सर! ऐसा ही है, पर अभी मैं कुछ पक्का नहीं कह सकता की ये सब कोई क्यों कर रहा है, कुछ एविडेंस है जिनको मुझे अभी कुछ और समझना है। राठौड़ भी अपनी इन्वेस्टिगेशन कर रहा है, फ़िक्र मत करें सर जल्द ही पता लग जाएगा।"

"हाँ डॉक्टर! मुझे तुम्हारी कुशलता पर कोई संदेह नहीं है, पर क्या करूं ऊपर से बहुत प्रेशर है, जल्दी पता लगाओ कौन है यह शख़्स, जो कोई भी है मानसिक रूप से बीमार लगता है।"

"सर ! ये आदमी जो कोई भी है, जिसने यह निर्मम क़त्ल किए हैं, जल्दी ही सलाखों के पीछे होगा।

"ज़रूर, डॉ केके!"- इतना कहते ही कमिश्नर ने दूसरी तरफ़ से फ़ोन काट दिया।

CHAPTER 14

दुष्यंत उर्फ़ "डीके" बद हवास अपने कमरे को बंद करके बैठा हुआ था।एक हाथ में शराब का पेग था ,और सामने लगभग खाली पड़ी हुई स्कॉच व्हिस्की की बोतल रखी हुई थी।शायद पता ही नहीं कितनी ही शराब पी चुका था, पर नशे का कोई भी नामो निशान नहीं था। साफ़ लगता था कि इतनी शराब.का भी उस पर कोई असर नहीं हुआ था।

तभी रीना ने दरवाज़ा खोलते हुए कहा - "क्या आज दिन भर पीते रहोगे, कुछ परेशान लग रहे हो।"

"कुछ नहीं यार, कुछ ऑफिस की परेशानी है, तुम सो जाओ और मुझे अकेला छोड़ दो।"

उसे परेशान देखकर रीना दरवाज़ा बंद कर-कर दूसरे कमरे में सोने के लिए चली गई-"अच्छा ठीक है।"

डीके को फांसी का फंदा अपनी और आता साफ़ दिख रहा था ।उसे यक़ीन था कि एक न एक दिन पुलिस उसे ज़रूर पकड़ लेगी।मोबाइल से उसने सारी फोटो डिलीट कर दी थी, और उसे तोड़कर पास के नाले में बहा दिया था, पर सब कुछ होने के बाद भी उसे सुकून नहीं था। नींद उसकी आंखों से कोसो दूर थी, दिल की रफ़्तार बड़ी हुई थी, हाथ पैरों से पसीना आ रहा था।

वह जानता था कि लंबे समय तक यह राज छुपा नहीं सकता। रीना भी उसे शक से ही देख रही थी, उसे भी लग रहा था कि कुछ ज़रूर हुआ है और डीके उससे छुपा रहा है।

पुलिस स्टेशन

"सर जी! डॉली और श्वेता में एक बात समान है, जैसे कि आजकल बड़े शहरों में काम करना एक ट्रेंड-सा बन गया है। और दोनों ही लड़कियाँ छोटे शहरों से आईं थी, अकेली रहती थी, और दोनों के माता-पिता निम्न आय परिवारों से थे।"

"ठीक कह रहे हो चौबे! आजकल बड़े शहरों में काम करना एक ट्रेंड-सा बन गया है, बच्चे फ्री हो जाते हैं घर से। आज़ादी मिल जाती है, और मां-बाप की रोक-टोक भी नहीं रहती, सबको इंडिपेंडेंट ज़िन्दगी जो जीनी है, अच्छा लगता है ये सब बहुत इन युवा लोगों को ।

पर इसका दूसरा पहलू भी है,और ये वह काला सच है जो कि इन आपराधिक घटनाओ कि शक्ल में सामने आता है, जिसको ना कोई देखना चाहता है ना समझना" --राठौड़ ने कहा ।

"ठीक कहते हो सर!"- चौबे ने गहरी सांस लेते हुए जवाब दिया।

"चौबे ! इनके मां-बाप को तलब करो, शायद उनसे कुछ पता चल सके।"

"सर ! पिछले चार-पांच दिनों से सबसे पूछताछ कर रहा हूँ, मां-बाप तो बिल्कुल बदहवास हैं, रोते ही जा रहे हैं उनसे कुछ भी पूछना बेकार है। रही बात दोस्त यारों की, काम करने वालों की, दोनों लड़कियाँ ही बहुत कम बोलचाल रखती थी। दोनों कि ज़्यादा दोस्ती नहीं थी किसी से।"

"डॉली के मोबाइल से एक नंबर काफ़ी बार सामने आया है। पिछले एक-दो हफ्तों में उस नंबर पर काफी कॉल हुई हैं , पता चला है की ये यह उसकी कंपनी के बॉस दुष्यंत कुमार का नंबर है।"- चौबे ने कहा।

"दुष्यंत कुमार....? उससे कोई पूछताछ हुई क्या,"-राठौड़ ने जिज्ञासा से पूछा।

"हाँ सर! कई बार कॉल किया है, काफी बार कॉल करने के बाद उसने फ़ोन उठाया, आज उसकी तबीयत ठीक नहीं है मैंने कल सुबह उसे थाने में बुलाया है।"

"अच्छा जब वह आए तो मुझे भी बुला लेना, देखते हैं कि कुछ सुराग हाथ लगे।"-राठौड़ ने कहा और कहकर कमरे से बाहर निकल गया।

CHAPTER 15

रात को 1: 00 बजे राठौड़ के मोबाइल की बेल बजी। आंखें मलते हुए राठौड़ ने कहा – "हैलो ! हाँ, चौबे ! क्या हुआ ?"

"सर ! एक और लाश मिली है जंगल में।"- चौबे के आवाज़ में झुंझुलाहट थी।

"जंगल में? वही जो शहर के बाहर है।"

"हाँ, सर वही ।"

"कैसे पता लगा।"-राठौड़ ने फिर से पूछा ।

"सर! एक टेंपो वाला वहाँ से गुजर रहा था उसने ख़बर दी।"

"मैं टीम को लेकर वहीं पहुँच रहा हूँ, सर !"

"ओके तुम पहुँचो, क्राइम सीन को सील कर देना, और देखना कोई भी लाश से छेड़-छाड़ न करे।" -राठौड़ ने बेड से उठते हुए कहा।

एकदम उठते ही राठौड़ ने फ़ोन डॉ के-के को मिला दिया-" हैलो, डॉक्टर के-के! तैयार हो जाओ, मैं तुम्हें लेने आ रहा हूँ ,एक और लाश मिली है जंगल में, और वहीं चलना है।"-राठौड़ ने बिना के-के कि आवाज़ सुने सब एक ही सांस में कह दिया।

डॉ के-के भी अभी आधी नींद में ही थे- "इन लाशों का सिलसिला रुक ही नहीं रहा है, 5-6 हफ्तों में यह तीसरी लाश है।"- डॉ के-के ने आँखे मलते हुए कहा।

"हाँ, डॉ के के! पकड़ना ही पड़ेगा इस कातिल को वरना पता नहीं यह कितने ही और लोगों को मार देगा। कोई दिमागी पागल लगता है।"

"चिंता मत करो राठौड़, जल्दी ही पकड़ा जाएगा।"-फोन काटते ही के-के बिस्तर से उठकर तैयार होने चला गया।

रिया को ख़बर लग चुकी थी कि कोई क्राइम सीन कॉल है, उसने बिना कुछ पूछे ही कहा- " दरवाज़ा बाहर से ही लॉक करके चले जाना।»

"ठीक है"- कह कर डॉ के-के घर से बाहर निकल गए ,जहाँ गेट पर राठौड़ पहले से ही उनका इंतज़ार कर रहा था।

"मैंने साइमा और वैभव को भी कॉल कर केस के बारे में सूचित कर दिया है।"-राठौर ने कहा।

"अब तुम मेरे काम भी करने लगे हो।"- डॉ के-के ने मुस्कुराते हुए कहा और गाड़ी में बैठते ही राठौड़ ने गाड़ी सड़क पर दौड़ा दी।

रात के करीबन दो बजे थे। सड़क पर कुछ लाइट्स जल रही थी जिससे थोड़ी बहुत रोशनी रास्ते पर पड़ रही थी।

***

लता मंगेशकर कि खूबसूरत आवाज़ में गाना-"लग जा गले के फिर ये हसीं रात हो न हो..." -धीमी आवाज़ में कार के स्टीरियो पर बज रहा था और कार अपनी मंज़िल कि तरफ़ बढ़ती जा रही थी।

काफी सारी सर्च लाइट्स जला कर उस घने जंगल में रोशनी करी हुई थी।

बियाबान जंगल में वह क्राइम सीन था, जो कि रोड से करीबन 200 मीटर दूर अंदर की तरफ़ था। वह पक्की रोड जिससे पुलिस कि गाड़ी वहाँ पहुँची थी, वह जंगल के बीचो बीच में से गुजरती थी।इसी रोड पर रात को टेंपो वाला जा रहा था, जिसने इस घटना के बारे में पुलिस को बताया था।

पुलिस ने भी मौके पर ही उसे पकड़ रखा था, पतला-सा सांवले रंग का अधेड़ उम्र का आदमी था। और उसने नीले रंग का पठानी कुर्ता पजामा पहना हुआ था, काफ़ी घबराया हुआ था और एक कोने में बैठा हुआ था।

और हमें मौका ए वारदात पर पहुँचते ही चौबे दिखाई दिया, जिसने पूरे क्राइम सीन को घेरा हुआ था, सर्च लाइट्स जली हुई थीं। चौबे एक दम हमारे पास आकर बोला- "जनाब ! ये देखिये"...... और आगे लाश कि तरफ़ ले गया।

सामने ज़मीन पर एक अधजली लाश थी जिसकी शक्ल बिल्कुल भी पहचान में नहीं आ रही थी। मुंह और गर्दन पर बहुत सारी चोटें थी, जिनमें से खून बह रहा था। पूरा जिस्म जला हुआ था, दोनों टांगो और पांवो की भी हड्डियाँ टूटीं हुई थी। शरीर पर जो कपड़े थे वह जगह-जगह से फटे हुए थे। जूते भी फटे हुए थे, और लाश से कुछ 10-15 फीट की दूरी पर ज़मीन पर पड़े हुए थे। लाश से 5-6 फ़ीट दूर एक वेब्ले ब्रांड की पिस्तौल जमीन पर गिरी हुई थी।

बड़ा अजीब-सा, डरावना-सा मंज़र था,रात के घुप अंधेरे में भयानक जंगल में।

"थोड़ी रोशनी इस तरफ़ करो चौबे !"- -मैंने चौबे को लाश के मुँह कि तरफ़ इशारा करते हुए कहा और लाश का मुआयना करना शुरू कर दिया।

"जी जनाब !"- चौबे ने जवाब दिया और सारी लाइट्स को लाश की तरफ़ मोड़ दिया।

तभी एक और कार के रुकने की आवाज़ आई और सभी ने साइमा, वैभव को तेजी से क्राइम सीन की तरफ़ आते हुए देखा।

"पहुँच गई जुगल जोड़ी"-राठौड़ ने चुटकी लेते हुए कहा।

"वैभव! लाश की सभी फोटोज लो और साइमा ! ध्यान से एनालिसिस करो क्राइम सीन का और कोई भी सुराग मिले तो कब्जे में लो।"- - -मैंने राठौड़ की बात को अनसुना करते हुए दोनों को आदेश दिया।

"ज़रूर सर!"- कहने के साथ ही दोनों ही अपने काम में जुट गए।

क्राइम सीन बहुत हैरान करने वाला था। रात के इस पहर में लाश का एक बियाबान जंगल में मिलना बहुत सारे सवाल उठा रहा था।

"सर! लाश की सारी फोटोग्राफी हो गई है और सारे सैंपल ले लिए हैं, अब आप बॉडी कि जांच शुरू कर सकते हो।"- साइमा ने दस्ताने उतारते हुए कहा।

" बाहरी जांच तो मैंने सरसरी तौर पर कर ली थी, अब कहाँ-कहाँ पर चोटें हैं और मरने के गहरे कारण क्या है? क्या वज़ह है ? ये सब डिटेल पोस्टमार्टम के बाद ही पता चलेगा।"

"बॉडी को मोर्चरी में शिफ्ट करो, सुबह 6: 00 बजे हम पोस्टमार्टम करेंगे।"-डॉ केके के ऐसा कहते ही वैभव का चेहरा उतर गया, उसने धीरे से साइमा से कहा- "मतलब, आज रात को भी सोने को बिल्कुल नहीं मिलेगा।"

"कल पोस्टमार्टम के बाद पूरा दिन सोते रहना।"- मुस्कुराते हुए **साइमा** ने कहा।

फॉरेंसिक वैन में बॉडी को शिफ्ट कर दिया गया था।

"ठीक है राठौड़!, मैं सुबह ऑटोप्सी स्टार्ट करूंगा,और क्राइम सीन से कुछ भी जानकारी मिले तो शेयर करना।"

"ज़रूर, डॉक्टर ! आप ने कुछ इस टैम्पो वाले से पूछना है।" -राठौड़ ने टैम्पो वाले कि तरफ़ इशारा करते हुए कहा।

"इधर आओ भैया!!", मैंने टैम्पो वाले को अपने पास बुलाया और उसकी आंखों में आंखें डालकर सवाल किया-»क्यों मार दिया इसको ? मुझे साफ-साफ बता दो।"

"भगवान क़सम साहब! मैं कुछ नहीं जानता।"

-मेरी शक्ल और मेरे सवाल को सुन कर उसके पसीने छूट गए।

"मैं तो यहाँ रात को सामने रोड पर से जा रहा था, और तभी मुझे किसी के चिल्लाने की आवाज़ आई। गाड़ी रोक कर जब तक मैं यहाँ पहुँचता, तो देखा यह सामने ज़मीन पर तड़प रहा था, और जब तक मैं कुछ कर पाता इसने अपना दम तोड़ दिया। यह देखकर मैं बिल्कुल घबरा गया, पर मैंने फिर भी हिम्मत करके पुलिस को सूचित किया।"

"तुम कुछ छुपा रहे हो भैया, सब कुछ सच-सच बता दो।"-राठौर ने भी गुस्से में वही दोहराया।

" नहीं तो हमें और तरीके भी आते हैं उगलवाने के।"

"भगवान क़सम! यही सच है साहबजी, आप मेरी बात का यक़ीन करें मुझे कुछ नहीं पता।"-मुझे समझ आ गया कि ये सच बोल रहा है, और इसको सही में ज्यादा कुछ नहीं पता।

बॉडी को एग्जामिन करते हुए मैंने जैसे ही लाश को पीठ की तरफ़ पलटा मेरा हाथ किसी भारी चीज से जा लगा। "अरे! यह क्या,"- तभी मैंने लाश कि पतलून कि पिछली जेब से एक मोबाइल और एक पर्स निकाल कर सामने ज़मीन पर रख दिया।

"राठौड़!, ये मोबाइल और पर्स चेक करो, शायद इसकी कुछ पहचान हो सके।"

राठौड़ ने पर्स खोला तो उसमे कुछ रूपये, क्रेडिट कार्ड्स और एक ड्राइविंग लाइसेंस था ।

"ड्राइविंग लाइसेंस पर दुष्यंत कुमार नाम लिखा है।"- राठौड़ ने उसका नाम पड़ते हुए कहा ।

डॉ के-के ने चौंकते हुए कहा-"पता लगाओ राठौड़ कौन है ये? और कहाँ रहता है? और राठौड़ पता लगाओ कि ये पिस्तौल किसकी है ? इसका लाइसेंस किसके नाम है ? क्या ये मरने वाले की थी या फिर किसी और की ?"

"क्राइम सीन की भी ढंग से जांच करो, इस पिस्तौल से एक गोली चली हुई है।लाश में तो गोली का निशान नहीं दिखा, मुमकिन है किसी पेड़ से टकरा कर यही कहीं गिरी मिलेगी।" - -डॉ के के ने राठौड़ से कहा।

"जरूर डॉ ! मैं जल्द ही सब पता लगाता हूँ।'- राठौड़ ने पिस्तौल को गौर से देखते हुए जवाब दिया।

ऑटोप्सी रूम

डॉ के के ने ऑटोप्सी ख़त्म करके फाइंडिंग्स को राठौर को बताना शुरू किया। - "बॉडी पर फेस, गर्दन, छाती और हथेली पर कुछ अलग तरह के निशान हैं । चमड़ी जली हुई है पर अलग तरह से। एक पैटर्न जैसा बना हुआ है। पहली नज़र में देखने पर लग रहा है, कि जैसे किसी गाड़ी के टायर के निशान हो, पर ऐसा नहीं है। बॉडी पर पूरा अकड़ाव (रिगोर मोर्टिस) और नीलापन (पोस्टमोर्टेम हिपोस्टेसिस) बन चूका था, जिससे यह बात साफ़ थी की मरे हुए 10-12 घंटे से ज़यादा वक़्त हो चुका है। बॉडी को जब गहनता से डिरेक्शन किया, और पूरी डिटेल्ड जांच हुई तो पता चला की हाथों और पैरों की हड्डियों में बहुत सारे फ्रैक्चर हैं, सिर भी फटा हुआ है। शरीर के जले हुए हिस्सों को काटने पर, देखने पर पता चला की अंदर की सारी चर्बी पिघली हुई है। हाथों और पैरो पर जलने के निशान, इस बात की तरफ़ इशारा कर रहे थे, की ये किसी तरह का पैटर्न है जो की है जो कि सिर्फ़ बहुत हाई वोल्टेज के करंट से जलने पर दिखाई

देता है। अमूमन ऐसे निशान हाई वोल्टेज करंट के लगने पर आते हैं, जिनसे कुछ फ़ीट की दूरी से ही बिजली का गोला बनता है, जो की इतना शक्तिशाली होता है कि, उसके प्रभाव में जो कोई भी हो, वह जलता हुआ अपनी जगह से कई फ़ीट दूर जा कर गिरता है। इस केस में भी इस से ये सिद्ध हो रहा है, क्योंकि बिजली के करंट से जलने कि और गिरने कि दोनों तरह कि चोटें बॉडी में दिख रही है ।"

"इस लाश में भी एक बात बिल्कुल समान है, की शरीर पर बायीं तरफ़ पेट के नीचे कुंडली जैसा निशान बना हुआ था। और ये भी मौत के एकदम आसपास ही बनाया गया है । इसका मतलब साफ़ है कि ये उसी कातिल का काम हैं, जिसने एक के बाद एक हत्याएं करकर शहर का माहौल खराब किया हुआ है । जिससे आम आदमी काफी डरा हुआ है।"-डॉ के के ने अपनी बात ख़त्म की।

"तुम्हारी ज्योतिष क्या कहती है, डॉ के-के इस केस में । "-राठौर ने आतुरता से पूछा।

"तीनों लाशों में तीनो कुंडलियों में दो, छह आठ पर क्रॉस (x) खानों में लगा है, पर इसके पहले खाने या कहें कि भाव में 8 लिखा है जो कि हर एक कुंडली में अलग है । तो संभवत ये वृश्चिक लगन का जातक होना चाहिए , बाक़ी पुष्टि इसकी जांच के बाद हो पायेगी कि इसकी पहचान क्या है ।"- डॉ के-के ने कहा।

" इन तीनों की पैदा होने की तिथि, जन्मस्थान और जन्म के समय के हिसाब से ये पता लगता है कि ये तीनों मरने वाले वृश्चिक, कर्क और सिंह लग्न के हैं । और वह नंबर हर एक के पहले भाव के हिसाब से बिल्कुल ठीक बैठता है। पर बाक़ी भावों में इन क्रॉस का क्या रहस्य है, यह अभी कुछ कहा नहीं जा सकता। पर जितना लगता है कि हम उस कातिल के पास हैं, वह उतना ही हमसे दूर हो जाता है।इस भेद का जल्दी ही पता लगाना पड़ेगा।"- और तभी बात को बदलते हुए डॉ के-के ने कहा-"अच्छा राठौड़!, मुझे एक हफ्ते के लिए शहर से बाहर जाना है।

एक वर्कशॉप है मेडिकल स्टूडेंट्स की फॉरेंसिक पर बनारस विश्विद्यालय में, वापस आकर मिलूंगा पर मेरा मोबाइल चलता रहेगा, कोई भी नयी जानकारी मिले तो बताना।"

तभी वैभव ने अंदर आते हुए कहा- "डीएनए की रिपोर्ट आ गई है। श्वेता के घर पर मिले वास पर जो खून था, उसका डीएनए और होटल में सिगरेट पर मिले DNA एक ही आदमी के हैं।"

"क्या?..." तीनों ने एक साथ वैभव की तरफ़ देखते हुए आश्चर्य से कहा-" कौन हो सकता है यह आदमी?"

"सर!, यह अभी ठीक से नहीं कहा जा सकता"- वैभव ने जवाब दिया।

CHAPTER 16

बनारस

गंगा घाट पर रात का मनोरम दृश्य, मद्धम मद्धम चलती हुई ठंडी हवा, हजारों की संख्या में जलते हुए दीपक जो पानी में दूर तक तैर रहे थे। कई छोटी-बड़ी नावें, और मांझी उन्हें एक से दूसरे घाट पर ले जाते हुए।

यह सब कुछ कितना मनोरम है, कितना रमणीक है, ऐसा लगता है जैसे घंटो ही बैठा रहूँ।......... "क्या सोच रहे हो, कबीर!"- गुरु जी की शांत आवाज़ ने यकायक मेरा ध्यान भंग किया।

"कुछ नहीं गुरुजी, बस गंगा मैया को निहार रहा था। सब कुछ इतना मनोरम दृश्य है।"

"हाँ, वह तो है पर तुमने बताया नहीं की अचानक कैसे आना हुआ। सब ठीक है ना?"- श्री गंगाधर शास्त्री जी ने पूछा।

"गुरुजी सब ठीक है, आपको तो पता है कि फोरेंसिक के साथ-साथ मेरी ज्योतिष शास्त्र में भी बहुत रूचि है और आपसे सीखी हुई विद्या का कोई भी सानी नहीं है, आपकी ज्योतिष की अचूक समझ एकदम बेजोड़ है।"

"मेरी तारीफ करना बंद करो, और यह बताओ कि यहाँ कैसे आना हुआ, सिर्फ़ मुझसे मिलने तो नहीं आये हो तुम, ज़रूर कुछ न कुछ वज़ह रही होगी।"

"हाँ, गुरुजी ..."- मैंने गुरूजी कि बात को बीच में काटते हुए कहा।

"यह देखिए !...."- और कुछ तस्वीरें गुरुजी के आगे कर दी।

"अरे! यह तो कुछ कुंडलिया है..........."- गुरु जी ने ग़ौर से उन्हें कुछ पल देखा और कहा-

"कर्क, सिंह और वृश्चिक लग्न की कुंडली है और भाव दो, छह, और दुख भाव आठ में क्रॉस (x) का निशान बना हुआ है।"

"हाँ गुरुजी! , इन कांटों यानी कि क्रॉस का क्या अभिप्राय हो सकता है। क्या कुछ और जानकारी मिल सकती है इनसे।"

इन सब की जन्मतिथि, जन्म का समय और स्थान, बोलो। कोशिश करते हैं।" - गुरूजी ने कहा।

डॉ के-के ने एक रजिस्टर और पेन गुरु जी को अपने बैग से निकाल कर दिया, और गुरु जी भी घाट की सीढ़ियों पर उसके समीप बैठकर कुछ लिखने लगे, और यह सिलसिला करीबन आधे घंटे तक चला।

"कबीर (डॉ के के)! इन तीनों कुंडलियों में से एक बात साफ़ निकलकर आ रही है कि तीनों कुंडलियों में आठवें भाव में क्रूर ग्रह हैं,और आठवें भाव के ऊपर सभी क्रूर ग्रहों कि दृष्टि है। आठवां भाव राहु केतु एक्सिस पर भी हैं, सप्तमेश अष्टम में, द्वितीयेष और अष्टमेश दोनों मारक द्वादश भाव में , और दशा अन्तर्दशानाथ षडाष्टक में, इससे यह तो स्पष्ट जाहिर है तीनों की आकस्मिक मृत्यु होनी लिखी है,और मृत्यु की वज़ह भी चोट, दुर्घटना या क़त्ल हो सकता है।"- गुरु जी ने कह कर अपनी बात को विराम दिया।

"ऐसा ही हुआ है, गुरूजी!,- श्रद्धा से गदगद होते हुए डॉ के-के ने गुरु जी को दोनों हाथों से नमन कर दिया।" बिल्कुल ठीक गुरुजी ऐसा ही हुआ है, इन तीनो का क़त्ल हुआ है ।"- डॉ के-के ने फिर से दोहराया।

"गुरुजी क्या यह पता लग सकता है, कि इनको क़त्ल करने वाला कौन हो सकता है।"

"कबीर ! यह अभी कहना बहुत मुश्किल है, पर मुझे लगता है की २,६,८ भावों में क्रॉस (x) से कातिल ये बताना चाहता है की इन भावों और इनमे बैठे क्रूर ग्रहों का मरने वाले जातकों के जीवन पर बहुत प्रभाव रहेगा और यही उसकी मृत्यु का कारण बनेगे। यह कातिल जो कोई भी है उसको ज्योतिष विद्या कि अच्छी जानकारी है।"

"मुझे याद आता है कि करीबन 8-10 वर्ष पहले मेरे पास एक विद्यार्थी था, जिसे क्रूर ग्रहों, मारक भाव और रहस्यमयी आठवें भाव में बहुत रुचि थी। इनका गहन अध्ययन करता रहता था।"

"अच्छा गुरुजी! कौन था वह? अब कहाँ है? शायद उससे मिलकर कुछ पता चले।"

"इस बारे में मुझे नहीं पता, अब वह कहाँ है, पर हाँ उसके माता-पिता बनारस में ही रहते हैं, बुजुर्ग हो चुके हैं।"

"क्या उनका पता मिल सकता है ।"- के-के ने पूछा।

"ढूँढ के देता हूँ, शायद मेरे पुराने कागजों में लिखा मिल जाए ।"- गुरु जी ने जवाब दिया।

(ऐसा सुनते ही डॉ के-के के मुख पर प्रसन्नता के भाव आ गए, जो कि गुरु जी ने साफ़ समझ लिए)

"पर उसके लिए तुम्हें मेरा भी एक काम करना पड़ेगा। तुम अब मेरे घर चलो, कुछ खा पी लो और थोड़ा विश्राम कर लो।"

"नहीं गुरुजी ! अब मैं चलता हूँ, इस केस के सिलसिले में अभी मुझे बहुत लोगों से मिलना है और कल सुबह फॉरेंसिक छात्रों का लेक्चर भी लेना है।"

और गुरु जी को प्रणाम करके डॉ के-के ने उनसे आदरपूर्वक जाने कि इज़ाज़त ली, और गुरूजी ने केस की संजीदगी को देखते हुए रुकने पर ज़्यादा दबाव नहीं दिया।- "जैसी तुम्हरी मर्जी कमल कांत"- गुरूजी ने मुस्कुराते हुए कहा ।

CHAPTER 17

बनारस विश्विद्यालय में फॉरेंसिक का लेक्चर थिएटर ....

डॉ के के लेक्चर लेते हुए – "तो स्टूडेंट्स! फॉरेंसिक डॉक्टर के लिए कोई भी विषय वस्तु ब्लैक या वाइट नहीं होती, हमेशा आपको हर चीज़ की ग्रे साइड देखनी है मतलब किसी भी सब्जेक्ट को क्लोज नहीं करना, बल्कि ये समझना है की हजारों संभावनाएं हमेशा रहती हैं। किसी भी मुजरिम की मानसिक स्थिति का सही आंकलन करना फॉरेंसिक डॉक्टर या फॉरेंसिक मनोवैज्ञानिक के लिए बहुत ज़रूरी होता है। अमूमन दो तरह के मुजरिम होते हैं एक वह जो आदतन होते हैं, और दूसरे हालात से प्रभावित हो कर बनते हैं। जैसे कि कुछ लोग मानसिक रूप से विकृत होते हैं (साइकोपैथ) जो कि पंक्तिबद्ध तरीके से क़त्ल करते हैं, बिना किसी भी कारण के, बस उन्हें दूसरे लोगों को ख़त्म करके कोई सुख कि अनुभूति होती है । और ये सब मानसिक रूप से बीमार होते हैं। एक दूसरी पंक्ति में वह लोग आते हैं, जो कि ड्रग्स आदि के नशे में या किसी इंपल्स के चलते बाहरी कारणों से प्रभावित होकर जुर्म करते हैं।"

"साइकोपैथ वह वर्ग के क्रिमिनल होते हैं जो किसी मानसिक रोग से ग्रसित होते हैं,जैसे डेलूजन या किसी तरह का हेलुसिनेशन होता है, सच्चाई से कोई सरोकार नहीं होता, इनको अत्यंत शक करने की बीमारी, लड़ने झगड़ने की बीमारी और अपने आप से अत्यधिक प्यार जैसी समस्याएँ होती हैं। कई तरह की विकृतियाँ इनके मन मस्तिष्क पर सदैव चलती रहती हैं, और असामान्य मानसिक स्थिति से यह लोग पीड़ित होते हैं।"

"यह लोग हमारी आपकी तरह ही होते हैं, भीड़ में मिले और कहें कि छुपे से रहते हैं लेकिन जब भी इन्हें कोई मौका मिलता है तो यह अपना वार करते हैं। इनका बचपन भी कोई बहुत सौहार्दपूर्ण नहीं होता, बचपन में भी शारीरिक, मानसिक प्रताड़ना का शिकार होकर रहते हैं। अमूमन इनके घर का माहौल खराब होना, माता-पिता में बहुत लड़ाई झगड़ा, किसी तरह का तलाक या अलगाव देखने को मिलता है।और इन सब चीजों का इनपर बहुत प्रभाव पड़ता है जो कि आगे जाकर युवावस्था में अपराधिक व्यक्तित्व में तब्दील होता है। मतलब है अपराधी बनने की प्रक्रिया कहीं बहुत पहले बचपन में ही प्रारंभ हो जाती है।"

हर फॉरेंसिक डॉक्टर को अपराध और अपराधियों के विभिन्न आयामों को बखूबी से देखने, और जुर्म कि बारीकियों को अध्ययन करने का अपने कार्य काल में ख़ूब विस्तार से मौका मिलता है। एक फॉरेंसिक डॉक्टर की ज़िन्दगी में हर रोज़ न जाने कितने ही आपराधिक केसेस देखना, और यह पता लगाना की मृत्यु की कोई प्राकर्तिक वज़ह अथवा अपराध या कोई रहस्य तो नहीं, ये सब जैसे रोज़ मर्रा का काम है। । इन सबसे पर्दा उठाकर पुलिस और प्रशासन की मदद करते हुए कातिल को अपने अंजाम तक पहुँचाना ,फॉरेंसिक डॉक्टर के लिए हर रोज़ की एक सहज घटना है। पर जो सहज दिखता है, वैसा होता नहीं क्योंकि इस मानसिक अवस्था तक पहुंचने के लिए कई सालों का कुशल प्रशिक्षण चाहिए होता है। कहते हैं कि अपराधी कितना भी स्मार्ट क्यों ना हो, कुछ सुराग अपराध स्थल पर हमेशा छोड़ जाता है। और उसको पकड़ने में कहीं बहुत अहम् भूमिका निभाते है, फॉरेंसिक विभाग में काम करने वाले डॉक्टर।"

"इस विभाग की प्रगति उतनी नहीं हुई, जितनी की मेडिकल साइंस के बाक़ी और विभागों की हुई है। एकमत हमेशा यह भी रहता है कि जब मृतकों का पोस्टमार्टम ही करना है तो बहुत विकास की क्या ज़रूरत है। इसी अल्प सोच का बहुत बड़ा प्रभाव है कि फॉरेंसिक महकमे का बहुत विस्तार नहीं हुआ, और आज इसके चलते इसका हर्जाना हमारी क्राइम

ख़त्म करने कि व्यवस्था को चुकाना पड़ता है, जिससे कई मुजरिम छूट जाते हैं।

तो इस के साथ आज का लेक्चर यहीं समाप्त करते है।"

"आप सबका बहुत धन्यवाद।"- कहकर डॉ के के ने अपनी आवाज़ को विराम दिया और अपने मोबाइल को ऑन किया और राठौड़ कि काफी मिस्ड कॉल्स देखकर वो चौंक गए।

CHAPTER 18

तभी डॉ के-के के फ़ोन के बेल बजी।– "हाँ, कहो राठौड़ क्या ख़बर?"

"ख़बर तो बहुत अच्छी है डॉक्टर, तुम भी जानकर ख़ुशी से पागल हो जाओगे, कातिल का पता चल गया है।"

"क्या? कैसे? कौन है?"- डॉ के-के ने सवालो कि झड़ी लगा दी।

"अरे ! कोई और नहीं, दुष्यंत कुमार उर्फ़ डीके ही है।-राठौड़ ने दूसरी तरफ़ से जवाब दिया।

"वही जिसकी लाश मिली थी जंगल में ।"

"हाँ, वही दुष्यंत कुमार, उर्फ डीके, इसका डीएनए वास पर मिले ख़ून और होटल से मिले सिगरेट के टुकड़े से मैच हो गया है, फॉरेंसिक लैब ने आज सुबह ही मुझे रिपोर्ट दी है। तुम्हें भी सुबह से ही ट्राई कर रहा हूँ, पर तुम्हारा नंबर नहीं लग रहा था।कमिश्नर साहब को भी इन्फॉर्म कर दिया है, पूरा विभाग जश्र मना रहा है।"

इसी ने उन दोनों लड़कियों का खून किया है। डॉली से इसके नाजायज़ सम्बन्ध थे, ये दोनों एक ही कंपनी में काम करते थे। डॉली इसपर शादी के लिए ज़ोर डाल रही थी, तो इसने उसको मार दिया। और श्वेता इसको ब्लैकमेल कर रही थी, तो इसने उसको भी रास्ते से हटा दिया।

तो फिर ये कुंडली कौन बनाता था ?

अरे डॉक्टर, ये सब गैर जरूरी बात है, ये डीके जान बूझ कर करता था पुलिस का ध्यान भटकाने के लिए, ताकि उस पर शक कभी न हो ।

डॉ के के हैरान था की राठौड़ कैसे बिना सब पता लगाए केस बंद कर सकता है।

"अरे वह तो ठीक है, पर उसकी खुद की मौत कैसे हो गयी, यानी डीके कैसे मर गया अगर वही कातिल है तो ? क्या अंट शंट बोल रहे हो राठौड़-डॉ के के ने बिलकुल झुंझलाते हुए कहा।

"क्या मतलब, तुम्हारी रिपोर्ट में ही तो लिखा है, इसकी मौत हाई वोल्टेज का करंट लगने से हुई थी जंगल मे।"

"अरे यार! वह तो ठीक है मौत करंट लगने से हुई है, पर मौका ऐ वारदात पर जो बाक़ी सबूत मिले हैं उनकी तस्सली बक्श तफ्तीश करना भी तो ज़रूरी है। इतनी जल्दी क्या है इस केस को ख़त्म करने की।

वह जो पिस्तौल जंगल में मिली थी वह किसकी थी।"-- डॉ के-के ने अपनी बात जारी रखी।

"उस पिस्तौल की कहानी भी सुनो, ये पिस्तौल डीके की बीवी रीना के नाम पर रजिस्टर है। इसी ने चुपके से अपनी बीवी की पिस्तौल निकाली थी। इसकी बीवी ने मुझे बताया है की कुछ दिनों से उसकी पिस्टल नहीं मिल रही थी, और उसकी गुमशुदी की रिपोर्ट लिखाने को इसने ही उसे मना किया था।"

"और ये पिस्तौल लेकर खुदखुशी कि मंशा से ही जंगल में गया था, शायद अपनी ज़िन्दगी से तंग आ चुका था। और देखो ऊपर वाले का इंसाफ, इस से पहले कि ये पिस्तौल कि गोली से आत्महत्या कर पाता, इसको अचानक हाई पॉवर का करंट लगा और अपनी मौत ख़ुद ही मर गया। और शायद तेज करंट के झटके से ही पिस्टल इसके हाथ से छूट कर दूर ज़मीन पर गिर गई होगी।"- राठौड़ ने एक ही सांस में खुश होते हुए सारी कहानी डॉ के-के को सुना दी।

"कहानी तो बहुत अच्छी है राठौड़, पर कुछ और इंतज़ार कर लो केस ख़त्म करने से पहले।"- डॉ के-के ने कहा।

"अच्छा छोड़ो, तुम कब वापस आ रहे हो।"-राठौड़ ने डॉ के के की बात को बीच में काटते हुए पूछा।

"मैं कल वापस आ जाऊंगा ।"- डॉ के-के के जवाब के साथ ही राठौड़ ने फ़ोन डिसकनेक्ट कर दिया।

फ़ोन बंद करते ही डॉ के-के की नज़र मोबाइल की कॉल लिस्ट की तरफ़ गयी। काफ़ी सारे मिस्ड कॉल थे साइमा, वैभव और रिया के।

जैसे ही घर पहुँच कर डॉ के-के ने मेन डोर की बेल बजाई, रिया दरवाज़ा खोलते ही चौंक गई-"अरे! तुम तो अगले हफ्ते आने वाले थे, काम ठीक से ख़त्म हो गया? कैसा रहा सफ़र?"

"हाँ, सब ठीक से ही निपट गया।"-- के-के ने वाश रूम कि तरफ़ जाते हुए जवाब दिया।

"साइमा के काफ़ी फ़ोन आ रहे थे घर पर, कह रही थी तुम्हारा नंबर नहीं लग रहा है।"

"हाँ कुछ नेटवर्क कि प्रॉब्लम थी वहाँ ।"- के -के ने हाथ मुंह धोते हुए कहा।

"तुम जल्दी से खाना लगा दो, मुझे ऑफिस जाना है।"

"रात के इस वक़्त भी, थके हुए आए हो, कल सुबह चले जाना ।"- रिया ने खाना टेबल पर लगाते हुए कहा।

"डॉ के-के ने उसकी बात अनसुनी करते हुए कहा-नहीं जाना ही पड़ेगा, कुछ ज़रूरी काम ख़त्म करने हैं।'- रिया ने भी मौके कि नज़ाकत को समझते हुए ज़्यादा कुछ नहीं पूछा ।

खाने से उठने के बाद डॉ के-के ने साइमा को फ़ोन मिलाया-
"हैलो,साइमा!"

"अरे सर! आप कहाँ है? आपका फ़ोन नहीं मिल रहा दो दिनों से? आपको बड़ी ज़रूरी ख़बर देनी थी कि कातिल पकड़ा गया है।"

"हाँ-हाँ मुझे पता है, मेरी बात ध्यान से सुनो।"- और डॉ के-के ने साइमा को धीमी आवाज़ में कुछ कहना शुरू किया, और जैसे-जैसे वह अपनी बात कह रहा था ,वैसे-वैसे साइमा की आँखों कि पुतलियाँ हैरानी से बड़ी होती जा रही थी।"

"सब समझ में आ गया न साइमा !"

"यस सर ! बिल्कुल "-अपने आश्चर्य पर काबू पाते हुए साइमा ने कहा।

"अब तुम वैसा ही करो जैसा मैंने कहा है, और वैभव को भी अपने साथ ही रखना, जल्दी ही मिलते हैं।"- डॉ के-के ने ये कहकर फ़ोन कट कर दिया ।"

CHAPTER 19

कमरे में सन्नाटा था, घुप अँधेरा था, तभी काले लिबास में एक नकाबपोश साया कमरे का दरवाज़ा धीरे से खोलकर अंदर घुसा, और उसने पास ही पड़े हुए सोफे पर से, एक बड़े से तकिये को उठाया, और धीरे-धीरे बिस्तर पर सोए हुए एक आदमी के मुंह पर ज़ोर से दबा दिया। पर यह क्या, उस आदमी के शरीर पर कोई भी हरकत नहीं हुई, जैसे बिस्तर पर पड़ा हुआ शरीर किसी रबड़ से बना था ।

तभी कमरे में एकाएक प्रकाश फैल गया, और वह नकाबपोश आदमी एकदम से घबराकर पीछे मुड़ा और अपने सामने किसी को देखकर, उसके हाथो से वह तकिया छूट गया और नीचे ज़मीन पर गिर गया।

उसके बिल्कुल ठीक सामने गुरु केशवानन्द महाराज जी खड़े थे- "तुम मुझे कभी नहीं मार पाओगे। गुरु जी ने चिल्ला कर कहा ।" -उनकी आवाज़ में क्रोध और घृणा के भाव साफ़ सुनाई दे रहे थे।

वो नकाबपोश एकदम स्तब्ध रह गया था, पसीने-पसीने हो चूका था। उसने अपनी नजरें फिर से बिस्तर की तरफ़ घुमाई तो उसके आश्चर्य कि कोई सीमा नहीं थी। यह क्या, ये तो बिस्तर पर एक रबर का पुतला पड़ा था। और इससे पहले वह कुछ समझ पाता या फिर वहाँ से भाग पाता, तीन-चार हाथों ने उसको पीछे से दबोच लिया। वह हाथ किसी और के नहीं थे-वैभव और साइमा के थे। तभी परदे के पीछे से डॉ के-के बाहर निकले और तेज आवाज़ में बोले- "तुम अपना नकाब ख़ुद उठाओगे या

मैं कुछ मदद करूं- श्यामसुन्दर उर्फ़ श्याम उर्फ़ शैलेश! भागने की कोशिश मत करना, हमने तुम्हें चारों तरफ़ से घेरा हुआ है।"

नकाबपोश ने अपना सिर शर्म से नीचे झुका लिया, उसे पता चल चुका था कि उसकी पोल खुल गयी है। और वैभव ने आगे बढ़कर उसके मुँह से नकाब उतार दिया।

शैलेश ने पूर्ण समर्पण कर दिया था, उसको पता चल गया था कि उसका गुनाह सामने आ गया है। उसकी आंखें झुकी हुई थी पर किसी तरह के कोई अफ़सोस के भाव उसके चेहरे पर नहीं थे।

"शैलेश! तुमने ऐसा क्यों किया, मुझे क्यों मारना चाहते थे।"- गुरूजी कि आवाज़ शैलेश के कानो में पड़ी, गुरु जी के आंखों में आंसू थे ।-

"मैंने तो तुम्हें अपने बेटे की तरह समझा था। तुमने ऐसा क्यों किया, सभी कुछ तुम्हारा ही तो था।"

"क्या हमें आने में कुछ देर हो गई ।"- राठौड़ और चौबे ने कमरे में अंदर आते हुए कहा।

"नहीं ऑफिसर! बिल्कुल ठीक समय पर आए हो, मैंने ही देर से मैसेज किया था जानबूझकर। और वैसे भी पुलिस क्राइम होने के बाद ही पहुँचती है।"- डॉ के-के ने चुटकी लेते हुए कहा।

राठौर भी अंदर का नज़ारा देख कर सब समझ चूका था। राठौड़ ने शैलेश की और देखते हुए कहा -"अब डंडा उठा लूँ या सब अपने आप ही बकोगे।"

"रुको राठौड़, ... शैलेश तुम सब अपने आप बताओगे या सब कुछ मैं बताऊँ।" - डॉ के-के ने कहा।

शैलेश बिलकुल चुप था, जैसे कोई सांप सूंघ गया हो। पर वह मौके की नज़ाकत को समझ गया था, कि अगर कुछ और देर कि तो उसकी पिटाई हो सकती है।

"रुको सब बताता हूँ।"- शैलेश ने बड़ी मायूसी से कहा, और बिना रुके बोलना शुरू कर दिया।

"बनारस से आश्रम आने के बाद शायद मुझे ज़िन्दगी का मकसद मिल गया था। मैं आश्रम के सभी कामों में पूरी तरह से मसरूफ हो गया था। गुरुजी जैसा कहते मैं वैसा ही करता। सभी मुझसे बहुत खुश थे, धीरे-धीरे मेरी तरक़्क़ी हो रही थी और मुझे आश्रम का प्रभारी बना दिया गया था।

डीके और डॉली आश्रम के पुराने अनुयाई थे, डॉली मुझे बहुत अच्छी लगती थी। मुझे पता था दुष्यंत कुमार उर्फ़ डीके चरित्रहीन था, और वह लड़कियों को अच्छी दृष्टि से नहीं देखता

था। डॉली मुझे बहुत आकर्षित करती थी, और मैं मन ही मन उससे प्यार करने लगा था, पर मैंने कभी भी अपने प्यार का इज़हार नहीं किया था।"

"अपने खाली समय में मैं ज्योतिष शास्त्र और तंत्र विद्या का काफ़ी गहन अध्ययन कर रहा था क्योंकि बचपन से ही मेरा इस विद्या में रुझान था।"- शैलेश ने बोलना जारी रखा।

"एक दिन मैंने डॉली कि कुंडली बना कर देखा, तो मैं चौक गया कि वैसे तो इसकी कुंडली अच्छी थी, पर इसकी मौत का किसी आकस्मिक कारण से होना तय था, जैसे कि कोई इसकी हत्या करेगा। ज्योतिष के हिसाब से सभी क्रूर ग्रहों की दृष्टि और युति लग्न पर और लग्नेश पर थी और छठा और आठवाँ भाव, भावेश और कारक सभी पीड़ित थे। इन के अलावा कुछ और मूल बिंदु थे जो कि मृत्यु होने का कारण, हत्या रुपी होने कि तरफ़ संकेत करते थे। यह सब देखकर मेरा दिल टूट गया था, मुझे भी अब जीने का कोई मकसद, कोई वज़ह समझ नहीं आ रही थी।"

"मैंने डीके की भी कुंडली बनाई, क्योंकि इन दोनों की डिटेल्स आश्रम में मौजूद थी, उसमें भी मुझे कई सारे ठीक वैसे ही संकेत मिले

जैसे कि डॉली की कुंडली में थे। इसमें भी लगभग सारे क्रूर ग्रह, छठा और आठवां भाव वैसे ही पीड़ित थे, तो इसका मतलब था कि डीके की कुंडली में भी आकस्मिक मृत्यु के योग बन रहे थे।"

"तंत्र की काली विद्या में मेरे रुझान से मुझे पता था, कि ऐसे किन्ही 9 जातको की मृत्यु का अगर मैं किसी तरह से भी कारण बन सकूं, और या फिर मेरी आँखों के सामने ये सब हादसे, घटनाएं या इन सब की मृत्यु हो, तो मेरे लिए मोक्ष पाने की राह निकट आ सकती है और जीवन के सभी दुखो से निजाद मिल सकता है, जन्म मरण के चक्र से आज़ादी मिल सकती है।"

"ये सब सोच कर मैंने एक दृढ़ निर्णय लिया कि इस स्थिति का उपयोग किया जाए, शायद मुझे सिद्धि मिल जाये और मेरी तंत्र विद्या सफल हो जाये और मैं जन्म मरण के चक्र से छूट सकूं ।और दूसरी तरफ़ ऐसी पाप आत्माओं के मरने से संसार का भी उद्धार ही होगा।"

"धीरे-धीरे मैं आश्रम में आने वाले सभी अनुयायियों पर बारीकी से नज़र रखने लगा। उनकी सभी डिटेल्स मेरे पास रहती थी। मैंने इन सब की कुंडलियों का अध्ययन शुरू कर दिया। मुझे नौ लोगों को चुनना था जिनकी आकस्मिक मृत्यु या हत्या, मुझे मेरे सिद्धि पाने के लक्ष्य तक पहुँचा सकती थी और मेरी मोक्ष प्राप्ति हो सकती थी।

"मैं डीके और डॉली दोनों को फॉलो कर रहा था। मुझे पता था ये दोनों होटल क्लार्क में हमेशा मिलते हैं। उस रात डीके जब डॉली को अधमरा छोड़ कर कमरे से बाहर निकला तो मैं उस वक़्त में होटल में ही मौजूद था। कमरे के अंदर जा कर मैंने देखा की डॉली की साँसे अभी चल रही थी, मैंने सही मौका देखकर उसका मुँह जोर से दबा दिया, जिससे कुछ ही पल में छटपटा के उस की मृत्यु हो गयी।"

शैलेश ने बिना रुके अपनी बात जारी रखी - "डीके और श्वेता को मैंने मिलते हुए देखा था। श्वेता क्लार्क होटल में काम करती थी, इसकी डिटेल्स चेक करने पर पता चल गया था की इसकी भी मृत्यु का योग बन रहा है।

मैं डीके का पीछा करते हुए अभी सोसाइटी में घुसा ही था, की श्वेता की बॉडी को मैंने ऊंचाई से जमीन पर गिरते देखा। उसकी लाश मेरी आँखों के सामने जमीन पर पड़ी थी, मैंने उसको नहीं मारा। शायद उसे डीके ने ऊपर से धक्का दिया था।"

"दुष्यंत कुमार उर्फ़ डीके को क्यों और कैसे मारा? यह भी बता दो।"- राठौड़ ने पूछा।

"सर! दुष्यंत कुमार उर्फ़ डीके एक कैरक्टरलेस आदमी था। कई लड़कियों के साथ सम्बंध थे उसके। डॉली को उसकी असलियत बताने के बावजूद भी डॉली उसके शिकंजे में बुरी

तरह से फसी हुई थी। मैंने उसके कई राज उसकी पत्नी रीना को भी बताए थे और डॉलीके अलावा भी कई लड़कियों की फोटोस रीना को दिखाई थी। मुझे पता था कि रीना एक एग्रेसिव औरत है, वह चुप नहीं बैठेगी।"

"मैं पिछले कुछ दिनों से रीना पर नज़र रख रहा था। एक रोज रात 9: 00 बजे के करीब मैंने दोनों को झगड़ा करते हुए कार में बैठकर कहीं जाते हुए देखा। डीके कार ड्राइव कर रहा था और रीना उसकी बगल में बैठी थी।"

"मैंने भी अपनी कार कुछ दूरी पर उनकी कार के पीछे लगा दी, उनकी कार शहर से बाहर फैले हुए जंगल के बीचों बीच गुजरती हुई रोड पर जा रूकी। तभी मैंने देखा डीके तेजी से कार से बाहर निकल रहा है और रीना के हाथ में एक पिस्टल है। मैं दूर से ही खड़ा होकर उन्हें देखता रहा, तभी रीना ने एक फायर कर दिया और गोली डीके के कान के पास से गुजर गई। डीके हड़बड़ाहट में अंदर जंगल की तरफ़ भाग खड़ा हुआ और रीना भी उसके पीछे-पीछे जंगल की तरफ़ मुड़ गई। उनसे नजरे छुपाते-छुपाते मैं भी अपनी गाड़ी वहीँ बंद करकर उनकी तरफ़ बढ़ गया। कुछ दूर जंगल में मैंने देखा रीना करीबन डीके से 50 फ़ीट कि दूरी पर

पिस्टल को डीके की ओर तानकर खड़ी है और डीके एक बिजली के खंभे के सहारे खड़ा हुआ है।"

(दोनों की आवाज़ मुझे साफ-साफ सुनाई दे रही थी)

"मुझे छोड़ दो रीना! तुम्हें कुछ गलतफहमी हुई है ।"-डीके चिल्ला रहा था।

"तुम एक बहुत घटिया, चरित्रहीन आदमी हो, तुम्हें जीने का कोई हक़ नहीं है, तुमने मेरी ज़िन्दगी खराब कर दी है।" रीना डीके को कह रही थी।

"रुको -रुको रीना! मेरी बात सुनो, गोली मत चलाना ।"- डीके ने गिड़गिड़ाते हुए कहा, और बिजली के खम्बे से पूरी तरह सट के खड़ा हो गया। ये मेरे लिए बड़ा ही सुनहरा मौका था। इस से पहले कि रीना गोली चलाती, मैंने चुपके से आंखें बचाकर पावर ग्रिड को ऑन कर दिया और पावर ग्रिड को ऑन करते ही 40, 000 किलोवाट का करंट, बिजली की तारों से होता हुआ, डीके के शरीर में दौड़ गया। करंट का वह झटका इतना बड़ा और गहरा था की डीके के कपड़ों में आग लग गयी। डीके कि पूरी बॉडी जल गयी, और उसका जलता हुआ शरीर बिजली के खम्बे से कई फीट दूर जाकर ज़मीन पर गिरा।

शरीर पर काफ़ी चोटें आई थी, डीके की चीख ने पूरे जंगल को दहला दिया था, और यह सब देखकर रीना के होशो हवास उड़ गए थे। इस से पहले उसे कुछ भी समझ आता वह डर और घबराहट के मारे वहाँ से वापस निकल गई।

"और शायद इसी घबराहट और हड़बड़ाहट में उसकी पिस्टल वहीं नीचे ज़मीन पर गिर गई होगी ।"- डॉ के ने कहा।

कुछ पल रुक कर शैलेश ने फिर से बोलना शुरू किया।-- "मैंने भी डीके को आखरी सलाम किया, और फिर उसकी बॉडी पर अपनी पहचान यानी कि उसकी राशि की कुंडली बनाकर मैं वहाँ से निकल पड़ा

। उस गलीच आदमी की लाश को शायद मैं और नुक़सान पहुंचाता, पर इससे पहले किसी टेंपो गाड़ी की आवाज़ मेरे कानों में पड़ी और मैं अंधेरे का फायदा उठाकर वहाँ से निकल गया।

"ये लाश पर कुंडली बनाने का क्या किस्सा है ? ये सब क्या पागलपन है, ये भी बता दो।"-राठौड़ ने बड़ी उत्सुकता से पूछा।

"ये सब भी मेरी सिद्धि का एक हिस्सा है। मरने वाले के जिस्म पर अगर ऐसा कुछ भी चित्र बनाओ तो सिद्धि जल्दी प्राप्त होती है।"- शैलेश ने एकदम भावनाहीन चेहरे से जवाब दिया।

ये सुनते ही सब के चेहरों पर आश्चर्य के हाव- भाव साफ़ नजर आ रहे थे। सब एक असमंजस कि हालत में थे कि कोई इतनी हैवानियत कैसे दिखा सकता है। सिर्फ अपने स्वार्थ को साधने के लिए, अपने भ्रम या वहम को पूरा करने के लिए जिसका कोई सिर पैर नहीं हैं, बेक़सूर लोगों की निर्मम हत्याएं करता जाये। और ये सब भी आजकल के मॉडर्न जमाने में जब कि विज्ञान ने इतनी तरक्की कर ली है।

डॉ के के को ये यकीन हो गया था की हो न हो ये एक मानसिक रोगी है जो की पक्का स्किज़ोफ्रेनिआ जैसे किसी रोग से ग्रस्त है।

"और गुरु जी को क्यों मारने आए थे, यह भी बता दो ।"-राठौर ने पूछा।

"यह मैं बताता हूँ श्याम उर्फ़ शैलेश ।"--डॉ के-के ने शैलेश को बीच में रोकते हुए कहा। अपने को श्याम नाम से बुलाने पर शैलेश चौंक उठा।

"बनारस में जब मैं इसका घर ढूँढ रहा था, तो इसके मोहल्ले में जा कर मुझे ये पता लगा कि ये काफ़ी समय से घर से दूर किसी शहर में जा कर बस गया है, और मुड़कर इसने कभी भी अपने माता-पिता की कोई ख़बर नहीं ली। इसके घर जाके इसके माता पिता से मिलने

पर उन्होंने इसके बचपन की कुछ तस्वीरें भी मुझे दिखाईं। जब मैंने उन तस्वीरों को देखा तो मैं चौंक गया और मुझे पता चल गया कि बनारस के गाँव का वह भोला भला श्याम कैसे शहर में आकर शैलेश बन गया। अब सारा मामला साफ़ हो चूका था, पर अभी भी मुझे शैलेश को रंगे हाथ गुनाह करते हुए पकड़ना था।"

"और मैंने साइमा और वैभव को इस पर नज़र रखने के लिए कहा। मुझे पूरी उम्मीद थी की जल्दी ही वह अगली घटना को अंजाम देगा।"

"पर यह गुरु जी को क्यों मारेगा?"-राठौर ने बड़ी जिज्ञासा से पूछा।

"क्योंकि गुरु जी की कुंडली में भी ग्रहों की दृष्टि और युति वैसे ही है जैसे कि बाक़ी मरने वालों कि कुंडली में है ।-क्यों ठीक हैं ना शैलेश।"- राठौर ने शैलेश कि तरफ़ देखते हुए कहा।

"गुरु जी इसका चौथा शिकार होने वाले थे। लग्न के हिसाब से मेरा अनुमान था कि 4, 5, 8 लग्न के बाद अगला मरने वाला लगन, जो कि बहुत हद तक 9 नंबर बनता है यानी धनु राशि का ही होगा (4 से 5 , 8 से 9)। और गुरु जी की जन्म तिथि और समय हर आश्रम वाले को पता है, जिसे पता लगाना कोई मुश्किल काम नहीं था की गुरु जी का जन्म धनु लग्न में हुआ है।"

मेरा यह कहना ही था की शैलेश अब फूट-फूट कर रोने लगा,और चिल्ला चिल्ला कर कहने लगा – "मुझे माफ़ कर दो गुरुजी, मुझे माफ़ कर दो।"

"शैलेश ! तुम्हें मैंने अपने बच्चों की तरह रखा था, मैं तुम्हें अपना बेटा समझता था, गुरु जी की आंखों में आंसू रुक ही नहीं रहे थे।"- (असीम दुःख, हैरानी और शोक के मिलेजुले भाव उनके चेहरे पर साफ़ नज़र आ रहे थे)

"इसे ले जाइए ऑफिसर मेरी आंखों के सामने से।" - गुरु जी ने रोते हुए गुस्से और तिरस्कार से कहा।

राठौर ने शैलेश को गर्दन से पकड़ा, घसीटते हुए कमरे से बाहर ले गया और दोनों हाथों पे हथकड़ी बाँध कर जीप में बिठा दिया।

"इसको अपनी निगरानी में रखना राठौड़, हो सकता है अपने आप को नुकसान

पहुंचाने की कोशिश करे।"

बेफिक्र रहो डॉक्टर- राठौड़ ने जवाब दिया।

केस को अंजाम तक पहुंचा कर हम सब काफी खुश थे। राठौड़ ने भी कमिश्रर साहब को असली मुजरिम के पकड़े जाने की खबर दे दी थी। पूरा पुलिस विभाग खुश था।

"तुम्हारा शुक्रिया मैं कैसे अदा करूँ, डॉ के के ! तुम्हारे बिना इस केस को सॉल्व करना नामुमकिन था।मैं तो इस केस को एकदम बंद कर चूका था। वो तुम्हारी ही समझ थी, तुम्हे यकीन था, कातिल डीके नहीं कोई और है।" - कहते हुए राठौड़ की आवाज़ भर्रा उठी।

"अरे! छोड़ो मेरे दोस्त, ज्यादा भावुक होने की बिलकुल जरुरत नहीं है, ये तो सब टीम वर्क था। सब ने एकजुटता से काम किया , अपना बेस्ट दिया और ये केस सॉल्व हो गया। इस ख़ुशी के मौके पर तुम से एक अच्छी पार्टी लेंगे।" - डॉ के के ने मुस्कुराते हुए कहा।

सर ! पार्टी तो बनती है - साइमा और वैभव ने भी सुर से सुर मिलाया।-- और सब खिल खिला के हसने लगे।

CHAPTER 20

बहुत ही दिनों के बाद आज एक अच्छी लंबी नींद पूरी की थी। बेड से उठकर जैसे ही मैं फ्रेश होकर डाइनिंग रूम में पहुंचा, सामने टेलीविजन पर वही ख़बर चल रही थी कि सीरियल हत्यारा पकड़ा गया। रिया ने मुस्कुराते हुए चाय की प्याली मुझे दी, और अख़बार मेरी तरफ़ बढ़ा दी।

"डॉक्टर साहब! छाए हुए हो आजकल आप, हर तरफ़ अख़बार में सारे चैनल पर आप ही का ज़िकर है, सभी तरफ़ आपकी वाह वाही हो रही है।" मैंने भी अनजानी-सी शक्ल बनाकर चाय की चुस्की लेते हुए कहा- "यह न्यूज़ मीडिया भी बड़ी सर दर्द है, अगर काम ना करो तो परेशानी और अगर करो तो भी परेशानी।"

"शुक्र है कि यह मुजरिम पकड़ा गया, अब कुछ दिन तक तो शांति रहेगी, घर का बहुत सामान लाना है कब से पेंडिंग पड़ा हुआ है, कब से टाला हुआ है।"- रिया ने अपनी शिकायत फिर से दोहरा दी। पर रिया के चेहरे पर सुकून और ख़ुशी के भाव स्पष्ट नज़र आ रहे थे, जैसे की शायद इस केस के ख़त्म होने पर सबसे ज्यादा ख़ुशी उसे ही थी।

"चलो इस पूरे हफ्ते तुम्हें शॉपिंग करा देते हैं, तैयार हो जाओ आज बाहर खाने चलते हैं।"- डॉ के के ने कहा। रिया की ख़ुशी तो अब देखते ही बनती थी, बहरहाल तैयार होकर घर से निकलने के लिए डॉ के के ने अभी कार की चाबी उठाई ही थी कि उनका ड्यूटी फ़ोन बज उठा।

"उफ़ ! क्या मुसीबत है ये तुम और तुम्हारा फ़ोन ....क्या, फिर से कोई केस?- रिया एकदम से चिल्ला उठी और मुझे फ़ोन उठाते देख, पैर

पटकते हुए अंदर कमरे में वापस चली गयी। उसको मालूम था अब कोई शॉपिंग नहीं होगी।

मैंने भी उसकी इस हरकत को नजरअंदाज करते हुए, इधर जैसे ही फ़ोन उठाया उधर से एक भारी आवाज़ आई- "डॉक्टर ! प्लीज जल्दी आओ ,एक मर्डर हुआ है शहर में, एक 24 वर्ष की लड़की कि किसी ने गला काट कर हत्या कर दी है।"- वह जानी पहचानी आवाज़ किसी और कि नहीं ए सी पी राठौड़ की थी। "हाँ राठौड़! मैं पहुँचता हूँ, लोकेशन भेजो ।"-और इतना कहते ही मैंने अपनी कार क्राइम सीन कि और दौड़ा दी और बढ़ गया एक नयी मिस्ट्री को अपने अंजाम तक पहुँचाने।

और मेरे साथ मेरी कार में चल रहा था रफ़ी की मधुर आवाज़ में देवानंद का गाना-" मैं जिंदगी का साथ निभाता चला गया ,हर फ़िक्र को धुएं में उड़ाता चला गया"

समाप्त